NARRATIVA

TRE60

Morgane Ortin

AMORI SOLITARI

Romanzo

TRADUZIONE DI
CLAUDINE TURLA

tre60

Per informazioni sulle novità
del Gruppo editoriale Mauri Spagnol visita:
www.illibraio.it

Tre60 è un marchio di
TEA – Tascabili degli Editori Associati S.r.l., Milano
Gruppo editoriale Mauri Spagnol
www.tre60libri.it

Titolo originale
Amours Solitaires

Prima edizione Narrativa Tre60 ottobre 2019

Premessa

Sono innamorata dell'amore. Amo l'amore, amo parlarne, amo scriverne, amo leggere e rileggere tutto ciò che lo riguarda. Amo le parole d'amore sussurrate all'orecchio, urlate nel cuore della notte, lasciate su un tavolo in attesa che qualcuno le trovi il mattino dopo, che compaiono sul cellulare quando meno te l'aspetti. Non voglio che queste parole vadano perdute, voglio coglierle nel momento in cui qualcuno le scrive o le legge, e conservarne il bagliore più puro.

Due anni fa, mi sono innamorata follemente. Il mio cellulare è diventato un paradiso segreto di conversazioni appassionate, che sarebbe stato un peccato dimenticare. Anche se si trattava di conversazioni molto intime, l'idea di condividerle mi allettava. Ho cominciato a fare screenshot. Ma anche salvandoli nel mio smartphone quei ricordi preziosi svanivano, sommersi dalle foto e dai video che inesorabilmente si accumulavano. Mi serviva un luogo diverso, un luogo unico, virtuale, fatto di partecipazione e comprensione, un rifugio speciale che ho trovato quando ho deciso di aprire un account Instagram per pubblicare in forma anonima messaggi d'amore. Questo luogo si chiama *Amours Solitaires*, al plurale, perché se all'inizio accoglieva solo le mie parole d'amore, oggi ricevo ogni giorno centinaia di messaggi.

Innamorati solitari, innamorati dell'amore, non siamo più soli!

Ogni giorno cerco, attraverso i messaggi che pubblico, di cristallizzare quel momento speciale in cui nasce l'amore, in cui il semplice suono di una notifica genera un'emozione fortissima e la scelta delle parole diventa più importante che mai, in cui ogni sillaba è in grado di infiammare i sensi; ma anche l'istante in cui l'amore, fragile com'è, si spegne e svanisce.

Ogni messaggio che pubblico è un invito ad amare, a scrivere d'amore e a contestare due concetti:

- il primo è l'idea che la scrittura sia morta, che ormai nessuno sappia più scrivere e che le parole siano state rimpiazzate dalle immagini. Perché ogni giorno, chiusi nel privato dei cellulari, milioni di messaggi sconfessano questa affermazione nel più meraviglioso dei modi. La scrittura non è affatto morta, ma si è evoluta insieme ai nuovi strumenti che la tecnologia ci mette a disposizione. Anzi, forse non è mai stata tanto viva;
- il secondo è la convinzione che essere romantici sia sbagliato. Per anni ci hanno raccomandato di non lasciarci coinvolgere, di disprezzare il romanticismo, guidati dall'adagio « in amore vince chi fugge ». È arrivato il momento di dire basta alla dittatura della falsa indifferenza e al tabù dei sentimenti, che non sono né una cosa vecchia né tantomeno superata. Le centinaia di messaggi d'amore che ricevo ogni giorno sull'account di *Amours Solitaires* lo dimostrano, e vederli tutti insieme non fa che convincermi della necessità di gettare le basi per una rivoluzione dell'amore.

Mentre scrivo questa Premessa, ho già pubblicato 518 messaggi su *Amours Solitaires* e ne ho ricevuti altrettanti che avrebbero meritato di essere pubblicati. Leggendoli tutti d'un fiato, davanti ai miei occhi è apparso un filo conduttore tra questi messaggi, scritti da persone che non si sono mai conosciute. Disponendoli l'uno dopo l'altro sono nati scambi, conversazioni, dichiarazioni, litigi, come se i messaggi fossero pezzi di un puzzle che potevo assemblare per creare un disegno. Ho scelto i messaggi di 278 contributori anonimi e, unendoli, ho visto nascere questo libro: una storia d'amore via messaggio tra due persone di cui non conosciamo l'identità.

Questo libro è il luogo d'incontro di tutti quegli innamorati solitari che senza saperlo hanno contribuito a questo progetto. Insieme, hanno creato una grande storia d'amore fatta di 278 conversazioni anonime. Con il meraviglioso materiale che mi hanno fornito, sarebbero nate migliaia di storie d'amore. Io ho scelto quella che state per leggere.

AMORI SOLITARI

Nel passato di lui c'è stato più di un amore. Anche lei ne ha visti passare molti. Questo libro è la storia del loro amore. Di quell'amore che colpisce all'improvviso quando meno te lo aspetti.

1

VUOI IL MIO NUMERO?

14 gennaio

00.45

Vuoi il mio numero?
Che tu lo voglia o no, eccolo. Da usare in caso di emergenza/FAQ sulla mia vita/bagno a qualsiasi ora. Grazie per la cena e tutto il resto. È stato bello. A presto, spero.

02.22

Non sono in condizioni normali e non voglio dire cose anormali ma ti auguro la migliore notte da quando la notte è notte e il mondo è mondo.

15 gennaio

16 gennaio

17 gennaio

12.00

Ciao, cammino per strada sotto il sole e mi chiedevo come stai. 🌞

Ehi, che strano, pensavo proprio a te. Tutto bene. Sto ascoltando *Vexations* di Satie, non so se la conosci, ma è meravigliosa, e siccome l'altra sera ne abbiamo parlato... L'ha composta dopo che Suzanne Valadon l'ha lasciato. La melodia, brevissima, si ripete per 840 volte, in un'esecuzione che dura da 12 a 24 ore. È talmente bello che mi sono detto che era un peccato non condividerlo.

Incredibile cosa fa la gente quando soffre per amore. C'è una frase che le ha scritto che mi è sempre rimasta impressa: « Ovunque guardi, non vedo che i tuoi occhi ».

L'ossessione di uno sguardo.

18 gennaio

19 gennaio

20 gennaio

8.05

Idee su cosa fare un martedì mattina dopo che hai dormito 3 ore e devi stare sveglia e lavorare?

9.50

Bere un caffè o un succo di frutta. Ascoltare musica a tutto volume. Fare più volte il giro della stanza. Mandare tutto a quel paese e rituffarsi sotto le coperte.

Ho cominciato con il caffè. Poi, 20 minuti dopo, ho optato per l'ultima soluzione.

Dormi bene, allora.
La mia colonna sonora preferita per un sonnellino: *Desmond* di Boe Strummer. Forse ti aiuterà.

21 gennaio

22 gennaio

00.47

Non riesco a dormire. Da una settimana ormai.

Tu dormi?

No, sono ancora sveglio.

Scegli un argomento e scriviamoci.

Le fantasie.

Ti capita spesso di fantasticare?

Sì, spessissimo.

E del desiderio cosa mi dici?

Quello lo conosco meno.

È un concetto che senza volerlo ho mistificato.

Ho desiderato una volta.
E il desiderio mi ha sconvolta.

Il desiderio nasce da una persona che all'inizio non desideravi e ti esplode sotto gli occhi all'improvviso.

Si nasconde dove meno te l'aspetti. Libero da qualsiasi immagine o rappresentazione.

Non dovrebbero esistere immagini delle fantasie. Soltanto parole e mistero.

E le tue, di fantasie?

Al momento cerco di evitarle. Sono appena uscito da una storia lunga, la rottura è stata dolorosa, sto cercando di pensare a me stesso e di prendermi il tempo necessario per voltare pagina.

23 gennaio

24 gennaio

00.10

Ho bevuto un po' troppo e non so perché ma ho voglia di condividere con te tutto quello che sento, leggo o vedo.

Sono così tanti gli argomenti di conversazione possibili.

Un oceano di possibilità.

25 gennaio

26 gennaio

23.45

Mi annoio, allora penso a te e mi annoio di meno. Scrivimi qualcosa di bello, qualcosa che mi parli di te.

00.35

« Un'immagine, la pietra, [io,] sono; mi pone qui Sicilo, segno durevole di un ricordo immortale. »

È la canzone più antica del mondo.

Una canzone d'amore.

27 gennaio

28 gennaio

29 gennaio

11.12

Leggo Nabokov e continuo a imbattermi in parole che mi fanno pensare a te. Ho i brividi. Posso scrivertele?

Assolutamente sì.

Ti avverto però: sono ad alto tasso di romanticismo.

Perfetto, allora.

Dici?

Arrivati a questo punto.

Ci pensavo proprio stanotte, quando non riuscivo a chiudere occhio.

A cosa pensavi?

A quale punto siamo arrivati.

«Perché con te bisogna parlare una lingua meravigliosa, come si parla ad esempio alle persone che non ci sono più da tempo, in termini di purezza, leggerezza e precisione spirituale... io invece... annaspo tremendamente. Un brutto diminutivo ti può ferire, perché sei sonora come l'acqua del mare, amore mio.»

Sono senza fiato.

Sono perdutamente innamorato dell'amore. Quello che vorrei di più, in questo momento, è scriverti delle lettere.

Che bella idea! Ma considerato il ritmo delle nostre conversazioni, temo che le lettere non siano all'altezza di quest'affare infernale. Sono così tanti gli anni da recuperare, così tante le cose che non ci siamo detti.

È vero, a volte mi chiedo se non sia troppo. Ma un secondo dopo mi dico: dov'è il limite? Il troppo non esiste.

Non ti voglio mettere in difficoltà.

Non ti preoccupare di questo. Passa una bella giornata. 🌹

30 gennaio

23.05

Probabilmente gli spazi più belli che abbia mai ricevuto.

Come stai?
Cosa stai facendo?

Leggo le lettere d'amore di Flaubert. Sono belle e semplici insieme. Ecco:

« Mi sono accorto di amarvi, quest'inverno, davanti alle preoccupazioni che vi affliggevano e che ho sentito come se fossero le mie. Da quel momento vi tengo in un angolo speciale del mio cuore... »

Meraviglioso. Che belli i tempi delle lettere e della carta.

A volte mi domando cos'ha fatto Internet ai nostri cuori.

Li ha calpestati, credo.

E gettati tra le fiamme.

Ma ogni tanto riesce anche a risuscitarli.

L'amore è fragile. Arriva e scompare così. Repentinamente. Al mattino con l'aurora.

E se fosse proprio questa fragilità a rendere l'amore così bello e pericoloso?

Può darsi. Perché sappiamo che nasce e muore nello stesso modo. All'improvviso. Come lo scoccare di una freccia.

Si parla spesso del momento in cui Cupido conficca la sua freccia nei nostri cuori, ma molto meno di quando torna per strapparla via.

È una freccia a doppio taglio: ti dà la vita e insieme la morte.

31 gennaio

16.54

Ho voglia di bere del vino con te stasera.

Ma è un programma che non suona molto serio, vero?

In effetti no, per niente. Possiamo invitare sempre qualcuno che ci tenga d'occhio.

Non vorrei che la situazione diventasse ingovernabile.

Lo diventerebbe di sicuro. Sicuro come giocare con i fiammiferi vicino a una tanica di benzina.

Stasera sono a casa. Se ti va, puoi passare da me.

Volo da te, non mi vedrà nessuno.

23.30

Hai illuminato la mia serata.

È bellissimo. Non abbiamo oltrepassato nessun limite. Chiudi gli occhi e chiudi questa parentesi. Tu e io viviamo solo di parentesi. Ed è una cosa bella e notevole.

Sei davvero un amore. Mi dispiace non averti incontrato prima, sento di aver perso tanti di quegli anni...

1° febbraio

08.20

Ti sembrerà una follia, ma stamattina avrei voluto svegliarmi accanto a te.

10.10

Quanto vorrei che fosse successo davvero.

Anche perché da quando ti conosco non hai fatto altro che far battere questo cuore che sto cercando di mettere in pausa.

È stato dolce che abbia trovato il coraggio di venire ieri sera. So quanto è difficile per te. Mi hai resa felice, davvero.

Sono andato a dormire con un sorriso idiota. Quello che sta succedendo mi riempie di gioia ed eccitazione, anche se in certi momenti ho un po' paura.

C'è una gran confusione di sensazioni e di sentimenti.

Non ho la più pallida idea di cosa succederà. Sei un colpo di fulmine capitato nel momento sbagliato. E paradossalmente questo lo rende ancora più bello.

Il piacere sta nell'attesa.
Nel pudore.
Nelle emozioni.

Lo sai, da tantissimo non incontravo una persona che mi faceva sentire così. Non mi succede spesso, e allora cerco di accettarlo e fare i conti con il periodo che sto vivendo e di metterci tutto il buonsenso che posso, per mantenere le promesse che ho fatto a me stesso.

Fai bene.

Quanto a me, ti prometto che non piomberò a casa tua nel cuore della notte.

No, anzi. Vorrei che lo facessi tutte le sere.

2 febbraio

22.55

Non ti fanno male le gambe a forza di camminare su e giù per i miei pensieri?

Il sorrisino idiota che mi si stampa sulla faccia ogni volta che mi scrivi sta diventando fastidioso...

3 febbraio

22.10

22.50

E va bene, lo dico: muoio dalla voglia di vederti.

In realtà sono così tante le cose che vorrei dirti.

01.05

Bando ai convenevoli, cos'è che vorresti dirmi?

Che stasera quello che provo è ancora più forte...

Anche tu?

Ogni giorno
un po' di più.

4 febbraio

5 febbraio

18.00

Ci sono momenti in cui vorrei dirti tante di quelle cose, ma è come se le parole sparissero. E allora sto zitto perché non riesco a esprimermi.

Oh. Sul serio credi che scoprire di avere così tanto in comune, e parlarne liberamente, e discuterne a lungo, ed esserne felici, riderne, commuoversi, e ogni volta lasciarsi stupire dalle parole dell'altro possa essere così bello da non riuscire a esprimerlo con le parole? Sarebbe assurdo.

6 febbraio

21.40

Stasera leggo cose dolcissime. In particolare una lettera di Nabokov, eh sì, ancora lui, che secondo me è la definizione stessa dell'amore: « Non lo nasconderò: sono così disabituato all'idea che gli altri possano, diciamo così, capirmi, che nei primi istanti del nostro incontro ho pensato: è uno scherzo, un travestimento ingannevole... Ma poi... E ci sono cose di cui è difficile parlare: le parole toccandole le privano del loro meraviglioso polline... [...] Sei adorabile... [...] Sì, ho bisogno di te, la mia favola. Perché sei la sola persona con cui posso parlare della sfumatura di una nuvola, del canto di un pensiero, la sola cui posso dire che oggi, quando sono uscito per andare al lavoro, ho guardato in faccia un girasole e lui mi ha sorriso con tutti i suoi semi ». Volevo condividerla con te.

Sono senza parole.
Ti interroghi spesso sull'amore?

Sì, molto spesso.

Capisco. Ne vale la pena.
L'amore è la cosa più misteriosa
e affascinante che esista.

E anche la più bella.

7 febbraio

23.12

Posso confessarti un segreto?

Sì, certo.

Sei bello.

Non dovevi andare via.
Incontrarti per caso in quel
bar è stata un'emozione
molto forte.

Davvero?

Sì. Avrei voluto che restassi.

Ma il piacere sta nell'attesa.

E l'attesa accende la fantasia.

E la fantasia è la parte migliore della vita.

Non lo so.

L'attesa senza speranza è vana. E fantasticare troppo a lungo fa male.

È importante passare all'azione.

8 febbraio

20.28

Che programmi hai per stasera?

Non lo so, ma ho voglia di rilassarmi.

Vorrei che tutte le sere fossero come ieri, incontrarti per caso, inaspettatamente.

Tutte le sere come ieri, tranne che tu non te ne vai.

Più ti vedo e più ho voglia di vederti.

Ogni volta che ti vedo mi sconvolgi il cuore.

Anche tu. Solo che a me succede già da molto tempo. Be', detta così sembra che ci conosciamo da anni, e invece è solo qualche settimana. Ma mi sembra di conoscerti da una vita.

In fondo è come se fosse così, no? Il tempo è un concetto talmente relativo.

Sì, è un'altra cosa che non riesco ad accettare. Un altro concetto così tipicamente umano.

9 febbraio

20.50

Cosa fai tra un'ora? A costo di essere sfacciata, l'idea di (ri)vederti mi alletta parecchio. In più è domenica. E io mi sento triste.

Vieni da me. Festeggeremo la tua sfacciataggine e la tua tristezza, e il fatto che per oggi metto da parte la mia autosufficienza.

10 febbraio

09.06

09.11

09.30

10.00

Grazie per il bacon, per le rose e per aver rinunciato alla tua autosufficienza per stare con me. ❤

Sono poche le cose cui non rinuncerei in cambio di una domenica con te. Bacio. ❤

11 febbraio

22.00

Sono triste. Ho combinato un casino e ho cancellato tutta la nostra chat.

Ho cancellato tutto anch'io per solidarietà. Ricominciamo da zero.

Che peccato.
Contavo su un tuo backup.

Dici che ci serviva un nuovo inizio?

No, ma anche l'effimero ha il suo perché.

E poi quello che conta è aver letto una volta.

12 febbraio

08.45

Ti sogno continuamente.

E se vivessimo insieme continuamente?

13 febbraio

19.30

Mi sento più cinica ma meno depressa quando la gente che hai attorno non mi piace.

Vieni da me. Guarderemo la fine del mondo abbracciati e sorrideremo soddisfatti.

20.15

Sono sotto casa tua.

14 febbraio

17.11

Ho capito cosa ti rende così bella, è la tua malinconia.

Io ieri: 🥀
Tu: 💦
Io oggi: 🌹

❤️

15 febbraio

12.00

Perché passi così tanto tempo nella mia testa?

Perché nella tua testa splende sempre il sole.

16 febbraio

16.40

Com'è bella la vita senza slip.

Oggi ho voglia d'infastidirti.

Infastidiscimi.

Inebriami.

Infiammami.

17 febbraio

23.02

È terribile, anche se mi sento in colpa, anche se mi tormento per questa situazione su cui non ho praticamente alcun controllo, non riesco a togliermi dalla testa tutte le cose folli che ti vorrei fare. Non riesco a pensare ad altro che alle tue mani tra le mie gambe e ai tuoi denti che mi mordono il collo. E ogni volta comincio a sudare...

Riusciresti a mettere sulla cattiva strada anche i miei pensieri più casti.

Adoro questi momenti, quando l'ebrezza prende il sopravvento e premo «invio» senza riflettere.
Dovresti provarci anche tu.

Ho voglia di mandarti delle foto moralmente riprovevoli. Roba da farti arrossire fino alla punta delle dita.

Mandamele come assaggio.
Sono pronto.

Stai per fare un gran
casino nel mio cuore.

18 febbraio

19.30

Festeggiamo stasera?

Ho voglia di ballare con te.

Ci sto.

03.28

Dove sei?

Sono tornata a casa, ero un
po' stanca. Buona serata.

È successo qualcosa?

19 febbraio

12.00

•••

Sento che c'è qualcosa che non va... Sbaglio?

14.05

Niente di grave, e comunque non trovo le parole.

Non riesco a credere che tu non trovi le parole per dire qualcosa.

14.45

Ero così felice all'idea di passare la serata con te. Mi hai svelato un lato della vita che non sospettavo nemmeno esistesse, quello dell'entusiasmo spensierato, della libertà assoluta, del ballare senza stancarsi mai. Sarò onesta, anche se è difficile: è stato orribile vederti parlare così a lungo con quella ragazza. So che non stiamo insieme di fatto e che non mi devi niente, così ho preferito rientrare a casa per calmarmi. Non prenderlo come un rimprovero, ma mi sto chiedendo che tipo di rapporto abbiamo io e te. Capisco che hai bisogno di tempo dopo una rottura che è sicuramente stata durissima. Ma è sempre più difficile gestire la situazione, considerata la nostra attrazione reciproca e le parole dolci che ci scriviamo ogni giorno. Io non so più cosa pensare.

Credimi, anch'io ho gli stessi dubbi. Con quella ragazza non è successo niente, non ci ho nemmeno pensato. Sono sconvolto da quello che mi scrivi. In certi momenti vorrei poter vivere quello che provo per te senza più trattenermi. Al tempo stesso però sento che è troppo presto. È come se non fossi ancora pronto per ricominciare.

Spero non arrivi mai il giorno in cui dovremo smettere di parlare, sarebbe troppo doloroso e frustrante. Credo che soffrirei tantissimo.

So che è complicato.

Il fatto è che, nonostante la decisione che ho preso, non riesco a smettere di pensare a te. Il pensiero di te mi turba e mi ossessiona ogni giorno di più. Con te anche le cose più insignificanti diventano speciali. E anche se cerco di resistere, mi piace da impazzire il modo in cui mi stai addomesticando.

20 febbraio

00.40

Mi manchi tremendamente.

Non so stare senza di te, le mie notti sono così tristi quando non ci sei.

21 febbraio

15.10

Non trovi che l'idea di coppia e la visione dell'amore della nostra società sia terribilmente frustrante?

Non ci ho mai creduto molto.

A cosa, all'idea di coppia?

Non ho mai tradito, perché so che avrei fatto soffrire chi mi voleva bene, ma non capisco come si possa negare una cosa bella come l'amore. Ho sempre voluto che chi stava con me fosse libero, per la semplice ragione che il corpo dell'altro non ci appartiene. Così come i suoi pensieri.

Sono d'accordo con te. Credo che si possano tranquillamente provare sentimenti per persone diverse tenendo le cose separate. Ma nelle mie relazioni non ci sono mai riuscito.

Succede spesso. Io sono per l'amore libero. E non dico che la gelosia non esista, esiste eccome e penso sia normale. Ma credo che in fondo sarebbe più sano liberarsi di tutti questi vincoli.

Al tempo stesso però ho come l'impressione che l'esclusività sia proprio ciò che rende l'amore così raro e prezioso, no?

Quanto vorrei viverla con te, questa esclusività, un giorno.

Anch'io lo vorrei. Ma ringraziamo di esserci incontrati e di poter condividere qualcosa. E chissà, magari un giorno ci sentiremo pronti a vivere liberamente quello che proviamo l'uno per l'altra.

Sì. Mi fai sentire bene, sai?

Questa è la sola cosa che conta. Non voglio ferirti. Sei già molto importante per me, sì lo so che è sorprendente, però dico sul serio, non sono molte le persone cui penso così spesso.

Come potresti ferirmi?

Non lo so, ma voglio che tu sappia che per me sei importante.

23.04

Dormi?

No.

Avrei voglia di attraversare la notte con te sul sedile posteriore di un'auto.

Sentire la tua testa sulla mia spalla, nient'altro.

Non mi concedo niente di più con te.

Ieri, per un secondo, siamo rimasti soli tu e io. Ogni volta, il cuore comincia a battere veloce e io non capisco più niente.

Succede anche a me. È la bellezza di trattenersi.

È lì che si nasconde l'intensità del desiderio.

È così che diventa immortale. Il desiderio può svanire con un soffio di vento. È così fragile.

Chissà se succederà mai che io e te non siamo d'accordo su qualcosa.

Sono io il grande amore. Perché ti ostini a cercare?

Se un giorno non dovessi scegliere te, per favore dammi uno schiaffo.

22 febbraio

16.00

Credi che l'attrazione che proviamo l'uno per l'altra sarebbe così intensa se le permettessimo di esprimersi?

Sospetto di sì.

Qualunque cosa succeda, per me è importante che possiamo continuare a contare l'uno sull'altra.

Credo che tu abbia già smosso qualcosa di profondo in me, e sembra solo l'inizio.

Mi prometti che se un giorno questa situazione ti dovesse far soffrire o non ti andasse più bene me lo dirai?

Sì, te lo prometto. Per ora non mi fa soffrire molto, è solo un po' frustrante, anche se mi intriga questo rapporto così particolare. È un sentimento complicato e ambiguo.

Ti prego non smettiamo mai di dirci tutto quello che pensiamo.

Averne parlato ieri ha reso tutto ancora più reale.

23 febbraio

23.20

Prima di conoscerti mi sembrava di andare continuamente a sbattere contro un muro. Quando sei arrivata, è stato come se avessi spalancato tutte le finestre, tutte le porte, l'aria ha invaso il corridoio infinito in cui ero intrappolato e ho finalmente ricominciato a respirare e rivisto il cielo in lontananza. Ecco come mi fai sentire.

Nel mio cuore è sempre estate quando penso a te (soprattutto quando ricevo messaggi come questo).

24 febbraio

10.00

Non aspettare troppo.

A farmi impazzire un'altra volta.

Il mio regno per un istante insieme a te.

25 febbraio

22.40

Ti suonerà patetico, ma grazie a te ho imparato a lavarmi i denti con la mano sinistra per poterti rispondere allo stesso tempo.

È strano il senso di piacere che ti danno certi gesti semplici, come contemplare un paesaggio, guardare un aereo che passa, ricevere questo messaggio, scriverti senza stancarmi mai. La sensazione di essere esattamente dove dovresti essere.

È strano pensare che le parole possano rimettere in piedi una persona, che dei baci sulle guance possano essere più preziosi di qualunque bacio appassionato.

È strano che il gioco del caso a volte sia così esatto.

26 febbraio

01.10

Ti vedo.

•••

Girati.

05.38

Sai, trovo che tu sia veramente fantastico, ogni volta che ci incontriamo per caso perdo la testa, ma sappi che bello come te non c'è nessuno. Stasera, in quel locale, eri meraviglioso. Io però sono una peste, non esco molto spesso ma quando esco mi scateno, e ogni volta odio doverti lasciare andare via.

Prima che ti accorgessi di me, avevo gli occhi incollati su di te già da un'ora. Guardavo volteggiare la tua gonna in mezzo alla folla. Era come se le luci illuminassero solo te. Ero patetico con i miei bicchieri di whisky, tu poetica con le tue arie da gran donna. Forse sono stato uno stupido a lasciarti andare via, ma sappi che avrei davvero voluto che passassimo la notte a svegliare i vicini.

After senza di te, è come *before*.

Chiamami (presto).

E vieni (subito).

Ho mal di pancia (di già).

Mandami l'indirizzo dove ti trovo (non aspettare).

Al diavolo la pazienza!

Arrivo (subito).

27 febbraio

10.00

Sì, ho sbattuto la porta andando via. E ho saltellato scendendo le scale.

Ora sto camminando per strada. Sorrido come una stupida. E penso a te.

Mi fa sorridere sapere che pensare a me ti fa sorridere, e che sorrido quando penso a te.

Finalmente mi sento libero di dirtelo: la tua bocca è un'istigazione a delinquere.

E io di dirti questo: quando mi lecco le labbra, sento ancora il sapore delle tue...

Sai, in questi giorni ho pensato spesso al profumo della tua pelle di sole e al sapore che avrebbe avuto se l'avessi fatta fremere sfiorandola con le labbra. Finalmente stanotte l'ho scoperto. Ed è stato meglio di qualunque cosa avessi immaginato. Sinceramente, baciarti è la cosa più incredibile che mi sia capitata nella vita.

2

VIENI, COSTRUIAMO QUALCOSA DI BELLO

14 marzo

23.46

Il tuo silenzio mi sta facendo impazzire. Parlami, scrivimi qualcosa.

15 marzo

03.05

●●●

16 marzo

12.05

Voglio solo sapere come stai. Dimmi almeno questo.

15.00

Come Humphrey Bogart che guarda Lauren Bacall allontanarsi a bordo di un treno a vapore, in un'atmosfera da film noir anni '40. Nella stanza

28 febbraio

21.40

Cosa pensi di quel bacio?

Ti faccio una proposta: e se fossimo l'uno la musa dell'altra?

01.59

Quando conti di restituirmi le mie notti in bianco?

Quando le tue fossette accarezzeranno l'interno delle mie cosce.

29 febbraio

18.50

Vorrei poter salvare il tuo odore nel mio iPhone.

Io quello che vorrei è averti sul mio divano, parlarti, e tu che mi rispondi, dici, io che rido, tu che ascolti la musica, io che racconto, tu che mi baci, io che ti abbraccio, tu che sudi, io che respiro.

Sono all'aperto, sotto le stelle, sto fumando una sigaretta a piedi scalzi, penso a te, ai tuoi capelli, al tuo profumo, leggo e rileggo il tuo messaggio. Vorrei che fossi qui per poterti baciare in questa notte così dolce.

Sono in campagna per qualche giorno e sogno che tu mi raggiunga. Ma è lontano.

20.01

Verrei fino in capo al mondo per te.

Anche qui?

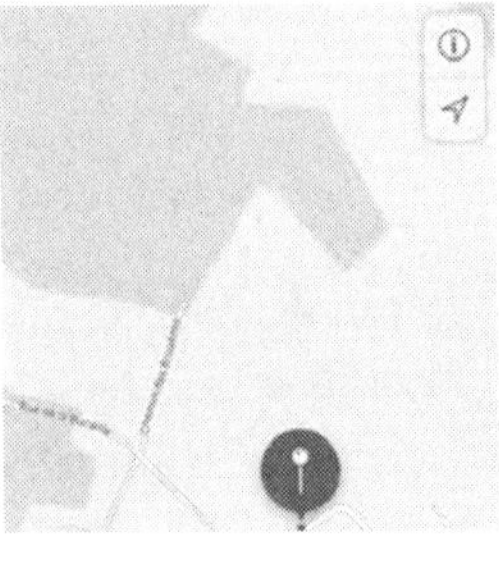

Ho voglia di giocare con te stasera.

Occhio, che se cominci a giocare a questo, rischi di scottarti.

E se invece non aspettassi altro? Scottarmi, lasciarmi consumare totalmente da quello che mi puoi dare?

Ci vediamo tra 4 ore!

1° marzo

2 marzo

3 marzo

11.16

Ho ripensato a questi due giorni trascorsi insieme, alla sigaretta che mi hai acceso tra le labbra, al mio corpo nudo sul divano, all'orgasmo che mi avevi appena procurato. In realtà non so più cosa pensare, penso a tutto, non penso a niente, forse penso soltanto ai tuoi occhi nei miei.

11.45

Oggi mi sento leggero. Ho cantato in bicicletta sotto la pioggia, ho cantato mettendo a posto i libri, ho un sorriso stupido stampato in faccia e una sensazione di caldo in fondo alla schiena. È stato bello e semplice. Mangiare, bere sidro, lavarsi i denti come capita, iniziare un film, fare l'amore, fregarsene del film, parlare, ridere, massaggiarsi, guardare un cartone, mangiare di nuovo, guardarsi, ridere ancora, baciarsi senza fine e quand'è tardi addormentarsi.

Hai lasciato delle ciglia e dei capelli nel mio letto. Avresti potuto lasciare anche te stesso.

Le parole prendono vita e danzano con grazia quando tu le usi. Divoro i tuoi messaggi. Non posso chiederti di avere le idee chiare se le mie sono così confuse. La libertà è bella ed è meraviglioso lasciarsi cullare tra le sue braccia. A volte mi sembra quasi di smarrirmi. Forse un giorno ce lo racconteremo.

Senti, è veramente fantastico passare tutto questo tempo con te, ma disinneschiamo un po' la situazione: mi piaci molto. Voglio dire, mi piaci davvero. Non solo un po', non così per dire. Mi piaci totalmente. E credo che il fatto che tu non sia mio cominci a essere un problema. M'intimidisci anche un po', ma soprattutto mi piaci. Più degli altri. Più delle convenzioni, della morale. Mi piaci perché m'interessi così tanto che non trovo più il tempo di essere io interessante.

Hai letteralmente invaso i miei pensieri, non riesco a leggere un libro, ho saltato uno stop in macchina. Anche tu mi piaci (e tanto). Passiamo la vita a incontrare persone. Persone belle, persone stupide. Persone cui non diremo altro che «Buongiorno» e altre che fin da subito diventano importanti. E a volte come uno schiaffo nasce un'alchimia, un legame, la sensazione di conoscersi da sempre. E ti riconosci nell'altro, ed è quasi spaventoso rendersi conto di quanto la propria visione della vita combacia. Io questo incontro l'ho fatto qualche settimana fa. E questi due giorni me l'hanno confermato. E ora non so più stare senza di te.

«Ti tengo in un angolo speciale del mio cuore.»

4 marzo

17.00

Dopo tutto quello che è successo negli ultimi giorni, mi chiedo chi siamo, io e te. Dove stiamo andando? Non riesco a capire cosa pensi, quanto ti senti coinvolto. Ho l'impressione che parlarne ti spaventi. E se invece fosse arrivato il momento di farlo?

Cerco di vivere quello che sta succedendo così come viene, senza pensarci. Faccio fatica a proiettarmi nel futuro e a dare un nome al nostro legame. Mi concentro sulle cose belle che ci succedono ogni giorno cercando di non rimuginarci troppo.

Tu cosa ne pensi?

Per ora mi sta bene.

5 marzo

23.35

« Nel sesso va alla grande come nella vita. »

« Sono una cui piace improvvisare. »

« Amo le donne che improvvisano. »

« Allora credo che andremo più d'accordo del previsto. »

« E chissà cosa ci riserva il futuro, mia cara. »

« Già, chissà. »

« Okay, ci gettiamo l'uno sull'altra scatenandoci e strappandoci i vestiti o fingiamo di essere civili ancora a lungo? »

« Basta con i giochini. »

« Quando parli così ti adoro, la voglia di tuffarmi nella tua bocca mi travolge. »

6 marzo

22.02

Mi scrivi qualcosa di bello? So che non sono cose che si chiedono, che così si perde la naturalezza e la spontaneità, ma ho bisogno di sorridere, di leggere qualcosa di bello. Perché i sorrisi più puri sono quelli che m'ispiri tu, in qualunque modo. Come un teorema, è così e basta. Cureresti le ferite del mio cuore.

Ho bisogno del tuo sorriso sul mio.

7 marzo

23.30

(Ho ancora voglia di te...! Penso continuamente a fare l'amore con te, raggiungerti, accarezzarti, ma adesso, questa settimana, è diventato insostenibile, è quasi insopportabile. La cosa si sta facendo pericolosa.)

Amo la vita spericolata.

8 marzo

00.40

Mi sento davvero bene ora che fai parte della mia vita.

Ma forse è troppo presto, o troppo tardi...

O forse è esattamente il momento giusto.

9 marzo

12.05

<3

<3 <4 <5, all'infinito.

Come puoi pretendere che non m'innamori di te alla follia?

10 marzo

09.02

C'è un solo posto dove vorrei essere stamattina, ed è tra le tue gambe.

Il tuo posto sul mio divano, nel mio letto, tra le mie gambe e nella mia vita è ancora caldo. Non lasciare che si raffreddi.

11 marzo

16.54

Mi manchi già.

Tu mi manchi da sempre.

00.36

Dormi?

No, sono qui.

Devo dirti una cosa.

Sono tutta orecchi.

Che c'incontrassimo era improbabile, inimmaginabile. Quello che ci scriviamo mi ha sconvolto la vita. Sono l'ombra di me stesso, o forse è il mio passato a essere diventato un'ombra. Non lo so più. Hai fatto crollare ogni certezza, abbattuto ogni punto di riferimento, hai costretto il mio

cervello a confrontarsi con il cuore, hai rivoltato il mio corpo e il mio ego, hai reso più acuto il mio sguardo, mi hai fatto piangere. Con te sono diventato fragile e assetato di futuro, mi costringi a volermi bene per prendermi meglio cura di te.
Mi fai sentire vivo, mi fai tremare di freddo, fai fremere l'uomo che è in me. Non posso più aspettare. Ero alla disperata ricerca di risposte per rimarginare le ferite del passato e non mi rendevo conto che ero già guarito.
E a guarirmi sei stata tu.

Sono così emozionata... Ho il cuore che batte così forte che non sento più i miei pensieri.

Ma anch'io ho qualcosa da dirti. So che è il momento meno adatto, ma adesso che quello che proviamo sta diventando più chiaro, devo farlo.

Fra tre mesi mi trasferirò all'estero. Si è presentata un'opportunità cui non posso rinunciare.

02.30

Mi sa che mi hai appena stritolato il cuore a mani nude.

Trovo veramente assurdo che, con tutto quello che ci siamo scritti, tu non abbia mai trovato il modo di parlarmi del tuo progetto di andare all'estero. È dura da mandare giù. Scusami ma stasera non me la sento di continuare. Ne riparliamo un'altra volta.

Mi dispiace tantissimo. Non sapevo né quando né come dirtelo. Avevo paura che fosse troppo presto, o troppo tardi. Tra di noi non c'è ancora niente di serio. So che è uno choc. L'ultima cosa che voglio è sbatterti la porta in faccia.

Ti sembrerà una follia ma ho voglia di vedere fin dove possiamo arrivare io e te, di vedere quante prime volte e seconde volte e quindicesime volte possiamo vivere insieme.

Fino a quando partirò, e chissà, magari anche dopo... Ora hai scelto di essere libero, libero nel cuore e nell'anima. E voglio vivere con te questa libertà.

Ma è una libertà con una data di scadenza.

Possiamo vederci domani per parlarne?

12 marzo

20.48

00.23

00.30

00.40

00.58

13 marzo

20.02

Ho sognato di noi come di qualcosa d'inevitabile, un incontro talmente inimmaginabile da rendere il desiderio ancora più intenso e la ragione folle se non ci crede. Ora che tu sei pronto, non posso accettare di rinunciare a te.

riservata a te nella mia testa in questo momento c'è un casino insensato. Mi sento profondamente ferito perché te ne andrai e non mi hai nemmeno avvisato, e allo stesso tempo sono emozionato all'idea di poter vivere qualcosa insieme a te. Ma le due cose sono in contraddizione.

Quello che sto per dirti potrà sembrarti folle considerato che presto partirò, ma in questi giorni di silenzio non ho fatto altro che pensare a te.

Ti prego, sbrighiamoci, lasciamoci andare, innamoriamoci! So che è difficile, che non era previsto, ma adesso lo sai anche tu, fra tre mesi me ne andrò, fra tre mesi forse non ci sarà mai stato un «noi». Di solito mi perdo in giochi di seduzione infiniti, ma con te non ho voglia di giocare. Raccogli tutti i gettoni, hai vinto la partita! ABBIAMO vinto la partita.

Stasera voglio che tu mi prenda la mano e mi faccia ballare, voglio ridere con te fino a non poterne più, voglio spingere via tutti quelli che si mettono sulla nostra strada, voglio che tutto cominci. Ti prego, io e te insieme possiamo brillare così intensamente.

Non voglio che ci perdiamo prima ancora di esserci amati.

20.02

Non prenderla come un'offesa né tantomeno come un'accusa, ma sei tu che te ne sei andata via con il mio cuore. In cambio della refurtiva, ti propongo un riscatto.

Quale? Chiedimi quello che vuoi.

Quello del mio corpo che segue il ritmo del tuo per tutta la notte.

❤ Sei il numero uno, lo sai, sì? Vieni da me stasera. Ti cucino qualcosa di buono.

21.40

Scusami, ho avuto un imprevisto, non riesco a venire.

Non ho mai conosciuto una persona così sfuggente.

17 marzo

02.52

Passo a portarti qualcosa domani nel tardo pomeriggio, verso le 5.

09.00

Ci sarò. Con la mia cena fredda. Davanti al portone d'ingresso.

17.20

Mi bastano dieci minuti con te per dimenticare il resto della giornata. Ho in tasca il tuo biglietto e non so se devo tornare a casa di corsa o camminando all'indietro.

17.50

Sto piangendo. Il tuo biglietto, così semplice e perfetto, mi ha commossa. Conserverò questo pezzettino di carta nel cassetto delle cose preziose della mia vita.

18.20

Il fatto è che sono spaventato. È come se ci fosse una bomba a orologeria pronta a esplodere da un momento all'altro: domani, fra un mese, fra tre mesi... soprattutto fra tre mesi, ma forse dopo, o forse prima. Godiamoci il tempo che ci è concesso di passare insieme senza chiederci quanto durerà.

Non mi sono mai sentito così me stesso come da quando ti conosco.

Ci sono giorni con e giorni senza. Negli ultimi giorni ho capito che tutta la mia vita è stata senza prima d'incontrarti.

Hai sconvolto la mia visione della vita. Non voglio più ritirarmi dal mondo, voglio esplorarlo e godermelo insieme a te. Mi hai cambiato. E sono così felice che tu l'abbia fatto. Amo questa forza che non sospetti nemmeno di possedere e che ha un effetto così travolgente su di me, su di noi. Guardarti, guardarti e basta... Vederti chiudere gli occhi e dimenticare me stesso... dimenticare tutto. Essere spettatore di questo miracolo. Vederti vivere e avere a che fare con quello che ti circonda. Sono incantato. Prima d'incontrarti era come se fossi solo in mezzo alla folla, avevo paura di essere felice e di credere nella bellezza. Mi crogiolavo nella mia malinconia, mi ci nascondevo, era comodo e rassicurante. Poi sei arrivata tu.

Quindi anche se sarà difficile, voglio che viviamo questi tre mesi che ci rimangono il più intensamente possibile.

Sei una ragazza meravigliosa e mi rendi così felice che, anche se è solo per un breve viaggio, salto a bordo con te a occhi chiusi.

È come se negli ultimi anni in me si fosse accumulata moltissima poesia, sotto forme diverse, e mi sentivo frustrata perché non sapevo cosa farne: come esprimerla, gestirla, confrontarla con la vita reale. Ora lo so. Tutti questi anni sono stati una preparazione al nostro incontro.

Non so come ringraziarti per tutta la gioia che hai portato nella mia vita.

Ti confesso che, fin dalla sera in cui ti ho conosciuta, mi sono arreso a te. Come un ragazzino ci sono finito dentro nell'istante stesso in cui ho trovato il coraggio d'incrociare i tuoi occhi, che mi osservavano serenamente già da diversi minuti. Mi hai parlato, sì. Ma ti prego, perdonami se non ricordo ogni parola. Ero troppo impegnato a studiare la struttura delle tue iridi e la forma delle tue labbra. Probabilmente sono stato uno stupido a lasciarti andare via, anche se era soltanto la prima sera.

Vieni a cena da me stasera?
Per davvero, stavolta?
Prometto che non ti lascerò andare via. ❤

Sarò da te alle otto e mezzo.
Promesso.

18 marzo

10.00

Stanotte ho avuto la netta sensazione di essere arrivata a destinazione dopo un viaggio troppo lungo. Ho pianto un po' per la fatica e la speranza. Sei diventato la mia riva, il mio porto, il mio domani.

Non so come ringraziarti, ma ti prometto che farò tutto il possibile perché anche tu possa provare quello che provo io. Andrà tutto bene. Sarà bellissimo.

Ho ancora il tuo odore addosso. A ogni movimento, la pelle ordina a tutti i miei sensi di venire a cercarti ovunque tu sia, di strapparti di dosso i vestiti, inginocchiarmi davanti a te, tuffare la testa fra le tue gambe. Fare l'amore sino a non avere più forze. Ricoprirmi ancora di te. Esplorare ogni centimetro del tuo corpo. Vivo un sogno lucido d'amore. La noia è un lontano ricordo nell'occhio di questo ciclone di desiderio che urla rabbiosamente il tuo nome.

19 marzo

19.30

La tua testolina mi fa impazzire.

Non sono più niente senza di te.

20 marzo

21.02

Mi domando cosa
siamo, io e te.

Vieni, costruiamo
qualcosa di bello.

3

SPOGLIATI, DEVO PARLARTI

(un mese dopo)

21 aprile

18.40

Dimmi di cos'hai voglia stasera.

Di te, tanto per cominciare.

Che coincidenza: stamattina quando mi sono svegliato uno dei miei primi pensieri è stato il tuo corpo.

(Sorriso malizioso)

(Sguardo insistente)

(Mi mordicchio le labbra)

(Mano sul tuo fianco)

(Chiudo gli occhi e schiudo le labbra)

Aspettami nuda sul letto, con le gambe aperte, sto venendo a farti godere.

22 aprile

20.02

Cazzo, non me n'ero mai accorta.

Di cosa?

Che sul nostro amore il sole non tramonta mai.

23 aprile

09.40

Amo i tuoi capelli perfettamente pettinati, amo spettinarli tra le mie gambe.

Il mio più bel completo intimo sono le tue mani.

Ti mando un bacio. Con una mano infilata sotto il tuo maglione, l'altra sotto la gonna e il cuore stretto contro il tuo.

A stasera, amore mio.

24 aprile

05.02

Dove sei?

Sono triste e arrabbiata. Ho preferito tornare a casa.

Ti prego, rispondi... Ho veramente bisogno di capire.

06.30

Forse mi sbaglio, ma ho l'impressione che tu ti sia comportato in modo scorretto. Avrei preferito che lo capissi da solo. So che non ci sono regole tra noi, esclusività, non esclusività, ma pensavo fosse scontato. Stasera mi hai veramente ferita.

Ti confesso che non capisco. Abbiamo soltanto parlato. A lungo, sì, ma senza secondi fini. Senza la minima volontà di offenderti. Non capisco perché reagisci così.

Il modo in cui la guardavi mi ha fatto male, e non importa se non è successo niente. Non so più cosa pensare. Mi sento ridicola dopo tutti i discorsi sull'amore non esclusivo, ma credo di non essere all'altezza delle mie idee.

Ascolta, prima di tutto voglio che tu sappia che non intendevo ferirti. Se l'ho fatto scusami. Davvero. Voglio stare con te, solo con te. Non voglio farti soffrire. Mai. So che abbiamo fatto un sacco di discorsi sulla non esclusività dell'amore, però sai, neanch'io credo ne sarei mai capace con te.

Non ha senso parlarne via messaggio, posso venire da te? Non voglio chiudere così la conversazione, preferisco che ne parliamo di persona.

Io invece preferisco di no.

25 aprile

14.30

Senza volerlo ieri ti ho ferita. Vedi, il problema è che ho il brutto vizio di presentarmi come un bicchiere sbeccato e, paradossalmente, finisco sempre per rovinare tutte le cose belle che ho vicino, tu sei la mia luce, quella che aspettavo, quella che tutti aspettiamo, sei la mia musa, il mio amore, un'amica nell'amore, sei la danza senza fine, i capelli spettinati dal vento, i piedi in fiamme, quindi ti prego, perdonami amore mio, perché davvero non credevo di farti del male. Perdonami se sono stato maldestro o insensibile.

Non so cosa dire.

Mi fai preoccupare quando parli e anche quando non parli, non voglio stare senza di te, lo capisci?

Ieri sera ho esagerato. Ho scritto cose che non pensavo, ma ho avuto paura. E credo che questo metta in luce qualcosa che non possiamo più ignorare. Ho davvero bisogno di capire che cosa siamo io e te. Se stiamo davvero insieme. O se è solo un'infatuazione che può durare qualche mese, senza impegno, dato che partirò. Non credo di riuscire ad andare avanti se la situazione non si chiarisce.

16.10

Ho sempre voluto che il nostro rapporto fosse esclusivo e non l'ho mai messo in discussione. Anche se non ne abbiamo mai parlato. Anche se tu andrai via. Voglio che tu sappia che sono tuo. Voglio che apparteniamo l'uno all'altra. Non capisci che da quando sei entrata nella mia vita sento che sei tu quella che aspettavo?

Anch'io sono tua. Soltanto tua. Totalmente.

16.40

Vediamoci stasera per parlarne. Ne ho davvero bisogno.

26 aprile

13.00

Stanotte non sono riuscita a dirtelo, perché ero come paralizzata, ma ti amo. Ti amo dal neo che hai sotto l'occhio fino agli angoli della bocca. Dai capelli ribelli fino al tuo hotel di mezzanotte. Dalle mie notti. Dal tuo essere permaloso fino alla tua sensibilità. Ti amo in tutte le tue attenzioni. Ti amo perché hai imparato ad amare le asprezze del mio caos. Perché hai dato a ogni istante una musicalità che soltanto tu e io sentiamo. Perché anche se gli altri sono tutto per noi, a volte ho l'impressione che io e te possiamo essere infinito.

13.50

Sono veramente commosso. Continuo a leggere e a rileggere il tuo messaggio. Non riesco a smettere. Ti amo, non ho più paura di dirtelo, di scrivertelo.

E amo la tua mente prima ancora del tuo corpo, quando ti guardo dormire a pochi centimetri da me, il mondo all'improvviso diventa bello e la tristezza svanisce. Ti amo, sei tutta la mia vita, te lo giuro, tutta la mia vita. È te che voglio, è te che vorrò sempre. Fai la valigia e vieni per qualche giorno a casa mia, ti porterò i bagagli. Ti amo. E non riesco a smettere di sorridere come un idiota.

Quel sorriso... è lo scopo della mia vita.

27 aprile

28 aprile

16.40

Sono veramente innamorata di te, quando ti ascolto parlare al telefono, mi sento tutta rkrlglrglgglfmmdbd.

29 aprile

30 aprile

11.20

Non so cosa succederà. Ma ti posso dire che è stato spumeggiante. Che è stato rovente. Che profumava di buono e sapeva di zucchero. Che è stato dolce. Che è stato unghie e sudore. Frastuono e silenzio. Inverno e primavera. È stato disordine. Fragile eppure così potente. È stato come quando sei mezzo addormentato. Sereno e consapevole. Semplice. Spontaneo. È stato ebrezza. Libertà.

È la più bella definizione dell'amore che abbia mai letto.

1º maggio

21.00

Dormi?

No. Tu cosa fai?

Le mie dita al momento si divertono a:
– fare strani giri lì sotto;
– fingere di essere le tue.

Tu dove sei?

A letto, sotto il piumone.

Rimani lì. E abbassa la luce. Muoio dalla voglia che tu mi metta con la frangia alla rovescia.

Non riesco a pensare ad altro.

Voglio sentire le tue unghie affondare nella mia pelle.

Io i tuoi denti che mi mordono.

Sentire che ti piace
quello che ti faccio.

Continua.

Adoro quando le tue mani
m'implorano di smettere
mentre i tuoi occhi dicono
il contrario.

Ho voglia di hackerare ogni
tua terminazione nervosa.

Di avvolgerti completamente
sotto di me e allo stesso tempo
perdermi in te.

Quando facciamo l'amore
mi fai tornare un animale.

Farti dimenticare come ti
chiami con i miei colpi di reni
e riportarti in vita sussurrando
il tuo nome mentre ti sfioro
l'orecchio con le labbra.

Ho voglia di legarti e di farti eccitare finché non mi supplichi di avere pietà.

Dove devo firmare?

Sulla mia pelle.

Con la tua lingua.

Metto giù il telefono prima di impazzire di desiderio. 🔥

Baci dolci sulla tua pelle morbida e bella che m'ispira pensieri impuri.

Buonanotte anche a te e ai 13 centimetri di perfezione che separano il tuo ombelico dal tuo pube.

2 maggio

08.40

Sto saltando sul treno, amore mio. Ti amo.

09.45

Buon viaggio. 🌹
Io leggo un fumetto e penso a te. Nei tuoi occhi riscopro me stesso. Percorro una retta parallela alla tua. Non c'intersechiamo mai per non ostacolarci, ma la distanza tra le nostre due traiettorie è la distanza perfetta per tenerci per mano, baciarci, fare l'amore e guardarci senza aver bisogno di parlare. Ci amiamo l'uno accanto all'altra, così vicini. Esattamente alla giusta distanza.

3 maggio

18.15

Mi manca la tua genialità.

E anche il tuo culetto.

Anche tu mi manchi. Mi sembra di non vederti da una vita. Non oso immaginare come mi sentirò quando dovrò andarmene sul serio.

Meglio non pensarci per ora. Goditi questi giorni con la tua famiglia. 🖤

4 maggio

11.10

Dunque, qui non c'è il wifi, allora ti scrivo un messaggio per dirti che ti amo, sempre, con o senza Internet.

Non ne posso più. Mi manchi. Sto impazzendo. Meno ti vedo più impazzisco.

Ricorda: il piacere sta nell'attesa.

🌹

A chi sa attendere, il tempo apre ogni porta. Non sono mai stato tanto paziente come quando aspettavo che tu entrassi nella mia vita. Perciò direi che posso resistere ancora un po'. Avremmo potuto incontrarci fra vent'anni, poteva andarci molto peggio!

23.38

Sono a letto dopo una cena interminabile. Finalmente ho tempo di scriverti.

Mi manchi da morire.

Ho bisogno di sentire il tuo corpo, di averti sotto di me, sopra di me, di non capire più dove comincia e dove finisce la mia anima. Voglio stare con te, sentirti, viverti: voglio essere te.

Ho un solo desiderio ed è rivederti e abbracciarti, stringerti così forte da provocare una fusione assoluta, completa, diventare una cosa sola e abbandonarci l'uno all'altra incuranti di tutto il resto. È un'unione così che voglio con te, anzi penso che è proprio a questo che io e te dovremmo ambire, e a nient'altro.

Sento di aver trovato l'anima gemella.

È vero che questa parola esiste.

5 maggio

20.30

Mia madre si confida con me sulla sua vita sentimentale.

Mi sembra di parlare con una ventunenne.

Non c'è dubbio, l'età dell'amore è proprio 21 anni.

Cosa pensa dell'amore?

Che è affetto buttato al vento.

Dice che anche lei vuole vivere la sua storia.

Non so perché mi viene in mente proprio adesso, ma penso che dovremmo raccogliere da qualche parte tutti i nostri messaggi, oltre che sul cellulare dico, perché non vadano persi.

Sono troppo preziosi.

Passo il tempo a fare screenshot, ma ormai sono talmente tanti che bisognerà trovare un'altra soluzione.

È vero, questi messaggi sono la nostra memoria comune.

Non potrei sopportare che andassero distrutti al primo volo di telefono.

6 maggio

18.30

Non faccio altro che pensare a quel muro bianco, ai tuoi seni illuminati dal sole, ai segni del pavimento sulle tue natiche, le nostre mani che si toccano, il calore che ci scalda e alle tre parole per trovarne una sola.

Non avevo mai amato così per intero. Non so se si può dire. Non avevo mai vissuto un amore così promettente.

Vieni a prendermi alla stazione?

Sì, e per stasera non portare il pigiama, tanto non ti servirà.

7 maggio

09.10

Ti guardo mentre dormi, sei bellissima.

Così bella che mi
viene da piangere.

La bellezza è il rumore
della luce sul tuo volto.

Vado al lavoro. Passa una
bella giornata.

10.50

Stanotte è stato fantastico.

Ogni volta che ti guardo è come se ti vedessi per la prima volta e al tempo stesso mi sembra di non avere conosciuto nessun altro che te. È qualcosa che non si può dire, qualcosa che va oltre le parole.

Sei il mio amore.
Ti porto impressa
sulla pelle.

Io ti porto impresso
nel mio cuore.

8 maggio

11.04

Ti sembrerà stupido ma grazie a te mi sono innamorata dell'amore.

Prima di conoscerti credevo di sapere cosa significasse essere innamorati, ma mi sbagliavo di grosso.

9 maggio

14.40

Cazzo, tra poco più di un mese te ne vai... faccio fatica a crederci dopo la serata che abbiamo passato. Tra di noi è tutto così facile, come se ci conoscessimo da sempre.

So che è assurdo ma a volte mi sorprendo a sperare che salti tutto.

Sapevo che mi sarei cacciata in un gran casino il giorno in cui ho incrociato il tuo sguardo.

10 maggio

23.45

I tuoi fianchi, voglio agguantarli

Con le ginocchia bloccarti

E tu non puoi ribellarti.

Ogni suo desiderio è un ordine.

11 maggio

19.56

Sogno e realtà si confondono quando ti vedo nuda, girata di schiena, i capelli scuri abbandonati sul cuscino che lasciano scoperta la tua nuca così bella da baciare... È questa la prospettiva che preferisco, un'angolazione in grado di fermare il tempo, di scolpire l'istante nel cuore, alimentare il desiderio, renderti sempre più meravigliosa.

Non ti ripeterò mai abbastanza quanto ti sono grata per quello che mi scrivi. Sei così dolce. Hai messo in luce i miei lati più terribili. Come uno schiaffo. Che sicuramente mi meritavo. Ne avevo bisogno.

Non so come dirlo. Vorrei restituirti quello che mi dai, questa cazzo di felicità assurda, così capirai come mi fai sentire, perché non trovo le parole. È al confine tra prosa, poesia e me stessa. Sono solo una banale ragazza prosaica!

12 maggio

20.00

Tra due ore sarò a Pigalle, Madame, e gradirei baciarla in maniera poco ortodossa, ma temo che ciò potrebbe scandalizzare tutti i presenti.

Ci sarò, pronta a baciare le sue labbra e ad accogliere la sua passione, Monsieur. In considerazione dello stato di ebrezza in cui mi trovo, non posso far altro che benedire l'opportuna impazienza di ritrovare la mia ametista.

Santo cielo.

22.30

Se non fossi già la mia ragazza, ci proverei.

Quella gonna rossa ti sta una meraviglia.

Sei arrivato?!

Balla come se non fossi qui. Quando balli sei una mia zona erogena.

13 maggio

11.52

È stato bellissimo stare tra le tue braccia, attaccata a te, poi allontanarmi e ballare e poi baciarti in mezzo a tutta quella gente, tutto quel frastuono, esistevi solo tu. Non bello quanto urlare sul tuo tappeto con la tua testa tra le mie gambe, però bello lo stesso.

🔥

Non ci vediamo da un'ora e già mi manchi. Parliamo continuamente, ti tormento di messaggi, non posso stare senza di te. Non so cosa succederà in futuro, ma ora, nel momento in cui ti scrivo, voglio tenerti con me per tutta la vita.

14 maggio

09.45

Oh

sì

la notte

con te

è così bella

la vita densa

e il tuo cuore

e il mio

tutto insieme

e tu, tu sogni

e io sogno

fino al mattino

e usciamo dalla notte come
si esce da un giardino

con dei fiori all'occhiello
e delle erbe nelle mani.

12.00

Spogliati, ti devo parlare.

15 maggio

21.50

Ho sempre creduto che un
giorno sarebbe arrivato
qualcuno. La verità è che alla
fine siamo soli come all'inizio, e
che le ragioni per andarsene e
quelle per restare si
equivalgono. È un'umiliazione
infinita, uno spettacolo fallito
senza un sipario che salvi le
apparenze. Come quando un
bambino al primo tentativo fa
qualcosa di bellissimo, senza
volerlo, e non appena cerca di

rifarlo per mostrarlo a qualcun altro non ci riesce più. Nasciamo senza volerlo e il resto non è che un susseguirsi di tentativi falliti di dimostrare qualcosa sotto uno sguardo compassionevole. Non c'è nessuno.

Questo è quello che credevo. Poi sei arrivato tu.

22.10

È come se in fondo al mio cuore fosse sepolto un enorme scrigno pieno d'amore. Dimenticato, inutilizzato, corroso dal tempo, dal vento, dalla pioggia. Ma tu hai scavato così a fondo da riportarlo alla luce.

Ho letto tre volte il tuo messaggio. Tre volte i brividi mi hanno scosso dalla testa ai piedi. Brividi di felicità. Come se fossi stato attraversato, interamente, dal tuo corpo e dal tuo calore.

16 maggio

20.10

Ho voglia di te. Ho continuamente voglia di te. Tu tra le mie braccia, io tra le tue, tu tra le mie lenzuola, rannicchiato contro di me, io su di te, tu sulle mie labbra, io sulle tue, e il tuo cuore che batte, le mie guance arrossate, il mio fiato sul tuo collo, le tue mani sulla mia schiena, e tanti « ti amo », tanti da non saper più cosa farsene.

Fare l'amore con te mi mancherà tremendamente.

Troveremo un modo, amore mio. Faremo l'amore scrivendoci.

Dici che funzionerà?

Proviamo?

Sì.

Te lo giuro.

In lungo, in largo o di traverso.

In mutandine o completamente nuda.

Facendoti bagnare da davanti o scopandoti da dietro.

Leccandoti i seni o divorando la tua carne. Ti voglio, ti voglio sempre.

Allora?

Mi hai convinta.

17 maggio

16.10

C'è una cosa che devi sapere. Forse ti farà ridere, perché siamo giovani e scemi e forse penserai che queste parole tra qualche anno non varranno più niente. Ma devo dirtelo: ti amo, e ho intenzione di amarti per tutta la vita. Non dico che sarà facile, che non avrai mai voglia di rinunciare. Ma sì, ho intenzione di restare per una sessantina d'anni. È un sacco di tempo, vero?
E figurati che non sono nemmeno convinta che tutti questi anni bastino per dimostrarti fino a che punto tu sei la persona più giusta per me.

Ti propongo di provarci fino alla nostra prossima reincarnazione, allora.

18 maggio

22.30

A volte mi chiedo da quanto tempo ti amo, perché ho l'impressione che sia da sempre. Il tuo nome è diventato un sentimento.

Ho cominciato a scrivere « Tu sei » e mi sono fermata. Ho pensato che sarebbe stato bello non aggiungere altro e dirti che la mia felicità sta tutta in queste due semplici parole... « Tu sei », è la cosa più bella che mi potesse capitare.

4

POESIE DI SENSAZIONI

(due settimane dopo)

1° giugno

07.40

Amore mio, non riesco a pensare che tra una settimana partirò. Stasera passo a prenderti, prepara le valigie, partiamo per quattro giorni. Ho prenotato una camera vista mare.

Chissà, forse riparerà il mio cuore sul punto di spezzarsi.

2 giugno

3 giugno

4 giugno

5 giugno

6 giugno

09.20

Non so cos'hai combinato, ma non mi era mai successo di ritrovarmi nudo in così poco tempo. Ti amo come un pazzo. Ti amo come un sogno. Ti amo tanto da ubriacarmi ogni giorno per non pensarci più, per dimenticare quanto sto male.

Non voglio più andare via. Perché voglio vedere ogni mattina i tuoi capelli arruffati, il sorriso che ti affiora sulle labbra quando ti dico «ti amo», e tu che scoppi a ridere quando sbatto il mignolo del piede contro il tavolo in salotto... voglio che tu sia un inno alla mia vita, la mia musa cittadina. Quello che ci sta succedendo è terribile.

Se l'amore avesse un volto, sarebbe il tuo. Nessuna parola, nemmeno la più bella, potrà mai sostituire le esperienze che abbiamo vissuto. Né quelle che vivremo in futuro, nel momento più buio della notte. Saranno tutto ciò che resterà. Mi mancherai. Da morire.

Che progetti hai per la nostra penultima sera?

Piangere facendo l'amore.

7 giugno

10.40

La distanza non cambierà niente. Ti porterò sempre con me, nel mio cuore, in quell'angolino speciale, indescrivibile, quasi irresistibile. Mai – ecco che uso la parola proibita – non mi abbandonerai mai. Il tuo sorriso meraviglioso, sobrio o ubriaco che sia, mi accompagnerà sino alla fine.

Sono pazza di te. A modo mio. Pazza per come sei, pazza per come mi fai sentire. Non so se è amore o se è un altro sentimento che non riesco ancora a definire, ma mi fai impazzire. Ti amo. Ti vedo davanti a me e ti amo.

Quello che succederà mi terrorizza, sono pietrificata.

Anche se mi mancherai tremendamente, trovo sia davvero straordinario che tu parta. Ammiro molto la tua determinazione, la tua forza, il tuo coraggio.

So che andrà tutto bene, perché sei una ragazza piena di risorse. Ricorda sempre chi sei, non dimenticarlo mai. Non perdere mai la speranza, abbi fiducia in te stessa... ma soprattutto fa' attenzione, abbi cura di te e alla fine torna da me.

Dici che ce la farò?

Credi che riusciremo a sopportare la distanza?

Certo che ce la farai! Devi sapere che io credo in te in modo assoluto. Sei tutta la mia vita. Spero che mi terrai con te anche nella tua nuova vita. Credo nell'amore e nella fedeltà eterna. Non devi avere paura delle sfide, la vita ne è piena.

E tu come farai?

Non ti preoccupare per me, io ti amo e sarò sempre dalla tua parte. Tu sei la mia metà, conta su di me se avrai bisogno di luce quando farà buio. Non ti abbandonerò, mai.

Ti amo con tutta me stessa. Nessuno può capire quanto ti amo. Anche se non ci conosciamo da molto, non avrei mai immaginato di poterti amare così tanto.

8 giugno

18.30

Sono in aeroporto, amore mio.

Vedo che stai scrivendo.

Non ce la faccio.

A fare cosa?

Non voglio che tu te ne vada.

💔

Ho provato tante emozioni contrastanti in questi giorni. Ma alla fine, tu mi hai fatta sentire sicura e impaziente. Hai fatto nascere in me una grande ambizione. Quella di essere degna di te. All'altezza della persona straordinaria che sei. Del tuo affetto, della tua dolcezza e della tua fiducia. Coprirti di baci e di serenità. È un'ambizione che può divorare una vita intera. Ma è la più nobile che conosca. Non preoccuparti, amore mio. Andrà tutto bene.

Principessa, mi hai fatto sentire così bene quando tutto andava malissimo, hai saputo darmi quello di cui avevo più bisogno. Vivi la tua vita, vola via, sapendo che per te io ci sarò sempre.

È il tuo sogno. Se ti lascio andare è perché ti amo.

20.08

Finalmente sono in aereo. Sono giorni che penso all'ultimo messaggio che ti scriverò prima del decollo. E credo alla fine di averlo trovato.

Giochiamo a sasso, carta, forbice e se vinco io, tu non mi dimenticherai mai.

Hai già vinto. Ti amo. Fa' buon viaggio e se riesci scrivimi quando arrivi. Sei la cosa più bella che mi sia mai capitata.

9 giugno

00.20

Spero che il tuo volo sia tranquillo e che questi momenti sospesi tra le nuvole, sempre un po' strani, siano piacevoli e magari benefici. Quanto a me, la mia serata è stata un accumularsi di secondi di solitudine: anche se sono stato in compagnia fino al momento di andare a dormire, non mi sono mai sentito tanto solo. Nel giro di poco tempo sei diventata tutto per me, l'essenziale e l'essenza stessa della mia vita. Ne avevo già avuto la premonizione, ma queste ore di vuoto e di silenzio l'hanno reso ancora più evidente. Senza di te niente mi sembra più familiare, sto perdendo l'orientamento. Sento il bisogno di parlarti, di rileggere i nostri messaggi, riguardare le tue fotografie per calmarmi, ristabilire un legame e rendere concreta la tua presenza. Mi manchi già da morire. Sei tutta la mia vita. Senza di te non riconosco più neppure il mio letto.

02.12

Ti aspetto con pazienza e combatto contro una tristezza insensata. Cerco di vedere il lato buono di questa separazione: più tempo per scriverti, per pensare a te e sentire il nostro amore, per sentirti dentro di me, nelle viscere, più forte che mai. C'è qualcosa di carnale: è come se facessi davvero parte del mio corpo. Questo amore mi trafigge completamente, sono così fiero di essere amato da una persona bella come te.

03.06

Non mi aspettavo che avrei sofferto così tanto dopo appena poche ore. Mi metto a dormire, ti bacio forte.

Sono atterrata soltanto adesso, amore mio. Sono stanchissima e la distanza mi distrugge già. Domani ti scrivo. Ti amo.

10 giugno

15.00

Mi sono finalmente svegliata dopo questa notte infinita. Ho pianto tantissimo in aereo, è assurda la sensazione di andare così lontano per un periodo indefinito. Ho letto e riletto il tuo messaggio quando mi sono svegliata, ogni volta con la stessa emozione. Questi ultimi giorni sono stati per me tanto intensi quanto sconvolgenti... Grazie. Grazie per tutti i momenti bellissimi, per tutti gli istanti di vita e d'amore. Se non mi stanco mai di guardarti è perché nei tuoi occhi vedo la stessa scintilla che mi rende viva giorno dopo giorno. Non perdere mai il tuo candore, non perdere mai il tuo amore per la gente e per la vita. Non perdere mai la tua vitalità, non hai idea di quanto sei bello quando ti lasci guidare da tutto questo. Porto con me il ricordo della tua pelle, delle tue labbra, del tuo sguardo, del tuo corpo. E quando sarò sola e in preda alla nostalgia, saprò dove cercarli. Tornerò davanti a quella finestra. Tornerò da quel ragazzo che guarda l'orizzonte. E penserò che è bellissimo e che nei suoi occhi c'è una scintilla che non avevo mai visto.

E ti bacerò... di nuovo, un'ultima volta. Non preoccuparti di cosa succederà, amore mio, affronteremo la distanza insieme.

Rimetto in ordine casa mia, cancello le «tracce» delle ultime ore (quante sono?), perché dicono che quando non rimane nient'altro che un ricordo indefinito, inebriante, come la sensazione della sabbia calda sulla pelle, è il momento di ricominciare. Ho aggiunto al nostro inventario qualche graffio e ho aperto un ufficio oggetti smarriti: il tuo sorriso è al sicuro, scolpito nella mia memoria, te lo restituirò quando ci rivedremo. Ti accarezzo con la punta della lingua, ti sfioro appena, come un miraggio, un tentativo fallito, un desiderio ardente. Ti amo, amore mio, sistemati e chiamami non appena hai tempo.

11 giugno

22.18

Anche a migliaia di km di distanza sei l'essere umano che voglio di più.

Verrò a trovarti.
La terra è troppo piccola perché possa sentirmi lontano da te.

Ovunque andrò, amore mio, tu sarai sempre casa mia.

12 giugno

07.00

Vorrei tornare in place de la République e pisciare mezzo ubriaco mentre tu ridi come una matta. Scivolare sotto il sole sugli sci in una valle con te che mi segui. O ancora, stringerti forte nel gelo di una stazione e fare battute sceme per strapparti un bacio, abbracciarti sotto l'acqua bollente e amarti fino a non capire più niente.

08.00

Sei la mia mattina perfetta, lo sai?

Siamo fatti per le mattine di sole e i pomeriggi di pioggia.

Mi chiami?

Subito.

13 giugno

19.05

Guardo i video e le foto degli ultimi mesi.

Potrei passare la vita intera a rivivere i nostri ricordi insieme.

Cosa ne dici di passarla a costruirne di nuovi?

14 giugno

14.00

Stanotte non ho chiuso occhio, continuavo a ripensare all'istante in cui mi hai riempito di piacere, a quel sorriso, quell'euforia, quella gioia, a quell'istante breve ma intenso, a noi, ai nostri giochi e volevo dirti che ti amo, incondizionatamente.

E che non ce la farò mai a stare senza di te per tutto questo tempo. Così ho dato un'occhiata ai biglietti, potrei venire a trovarti a ottobre. Cosa ne pensi?

Che messaggio meraviglioso. Prenota immediatamente.

15 giugno

23.20

Il coro delle nostre pulsazioni.

I miei capelli sul tuo petto, le mie unghie che ti graffiano la schiena, le lenzuola accartocciate, i nostri vestiti per terra.

Le mie mani che ti tirano i capelli, le mie labbra sulle tue, il letto che sobbalza, le domande che spariscono.

E il mio corpo che palpita, e i tuoi gemiti sul collo, il tempo sospeso, il mondo che tace, e i miei sospiri nei tuoi silenzi.

E la tua schiena che s'inarca, il mio bacino che ondeggia, la notte che corre, l'amore consumato e i nostri corpi che bruciano.

La definizione della passione. Potremo raccontare ai nostri figli di averla vissuta una volta nella vita.

Di essere stati fortunati, di essere stati felici.

Di essere stati vivi, di esserci sentiti vivi.

Di aver dimenticato tutto il resto.

C'eravamo solo io e te.

16 giugno

03.10

La maglietta che hai lasciato nel mio letto è insieme una tortura e una delizia quando torno a casa ubriaco e non ti trovo...

Per non parlare dei boxer che ti ho fregato...

I miei orgasmi sono così insipidi senza di te.

Non dirlo a me... Il desiderio di te mi consuma lentamente.

Mi farai impazzire. Guardo le tue foto. Sei bella, cazzo quanto sei bella. Amo il tuo corpo alla follia, sto male, è come una febbre. Tu che pieghi la testa, gemi, urli e chiudi gli occhi con un sorriso di piacere. Divento pericoloso quando sono affamato di te.

17 giugno

00.20

Ti amo forte.

E tantissimo.

18 giugno

22.45

È incredibile come la città non abbia più lo stesso sapore ora che te ne sei andata. Giro senza meta, non riesco a concentrarmi su niente. Ascolto Étienne Daho in loop. Frequento un po' di gente ma in verità mi annoio a morte.

Chiamami e raccontami cosa fai, così avrò l'impressione di viverlo almeno un po' insieme a te.

00.10

●●●

02.06

È dura quando non rispondi. Immagino cose orribili. Buonanotte.

19 giugno

10.00

Amore mio scusami, ho avuto una giornata pazzesca e non ho proprio avuto tempo di guardare il telefono. Ma ti penso continuamente. Sei con me in ogni passo che faccio.

Mi manchi. Sapere che sei a migliaia di chilometri da me mi fa sentire impotente. Lo stomaco si torce per la paura di non rivederti più. Ogni giorno, mi alzo sperando che tornerai prima del previsto. Che mi scriverai sempre, che nonostante la distanza sarò sempre con te ovunque ti trovi.

15.16

Tu sei sempre con me ovunque mi trovi. « Ti tengo in un angolo speciale del mio cuore. »

Mi sembra di soffocarti, e non lo sopporto, non mi riconosco più.

È quando non cerchi di piacermi che mi piaci di più. Sii te stesso, semplicemente. Sono innamorata di te. Di te, sì, proprio di te. Quindi ti prego, amati e non avere paura di non piacermi. Ti prego, amami a modo tuo e vedrai che ti amerò ancora di più.

20 giugno

20.20

La vita fa veramente cagare senza di te.

Mi manchi tantissimo. Così tanto che a volte ho male alla pancia e odio il mondo intero perché non posso stare con te. Non posso ridere a crepapelle, ridere fino alle lacrime, ridere fino a non riuscire più nemmeno a ridere. Abituarmi alla gioia e alla normalità di vederti. Perché non possiamo conoscerci o imparare a conoscerci alla perfezione. Grazie. Grazie di avermi fatto capire cosa si prova a stare con te, di avermelo fatto capire così bene che ora so con altrettanta esattezza cosa si prova a non averti più.

Ti amo, amore mio, e di questo non dubitarne mai. Ora sono più serena, e se il mio amore può aiutarti a ritrovare la pace e la serenità, allora prendilo. Sapendo che ti penso ogni giorno e che sarà sempre così. Da lontano non è facile, ma cerco di trasmetterti tutte le vibrazioni positive e tutto il fuoco che accendi in me. Dovrebbero esistere tanti modi per dire «ti amo». Perché è un'espressione che è diventata troppo banale e non esistono parole per descrivere quello che sento quando penso a te. Persino da lontano, persino in mezzo ad altre persone. Così, invece di scriverlo, chiudi gli occhi e immagina il mio sguardo. Ecco. Hai capito.

21 giugno

09.50

Che sole incredibile c'è oggi!

Uff... zitta! Qua ci sono 18 gradi.

Qua ci sono tu gradi.

Per dirti il caldo che fa. 😏

Mi ecciti più di tre caffè. Non so se ho più voglia di infilare il naso tra le tue gambe o tra le righe della cronologia del tuo computer.

22 giugno

03.00

Rientro ora a casa, depresso e completamente ubriaco. Ho litigato con il tassista, stavo per picchiare un tizio per strada e ho il cuore a pezzi.

Non ce la faccio più a stare senza di te, ti amo tantissimo, non dobbiamo mai più essere così lontani, è troppo, sei lontana, così lontana, non ne posso più, passo il tempo a scriverti poesie nella mia testa, non te le recito mai perché sono poesie di sensazioni, torna presto, torna a vivere qui vicino a me.

07.00

Non sopporto più che tu sia lontano, che io e te siamo infelici. Non sopporto più che gli altri siano felici. Credimi, amore mio, siamo giovani e basterà un istante per incontrarci di nuovo e amarci come prima.

5

SEI IL MIO AMORE E LA MIA ROVINA

(un mese dopo)

23 luglio

24 luglio

25 luglio

26 luglio

27 luglio

22.50

Sono triste. Da quindici giorni non mi rispondi al telefono. Il tempo non passa mai, le giornate si assomigliano tutte, mi sento come se fossi intrappolato nel passato. Ti ho sognata stanotte, sembrava che mi avessi sentito.

28 luglio

15.16

Onestamente è difficile così, se devo aspettare tanto per un tuo messaggio.

Sono settimane che ti cerco e non ti trovo. Per caso hai un manuale di istruzioni? Non lo so, qualcosa di semplice, stile Ikea, con un elenco degli attrezzi necessari e l'indicazione di quanto tempo ci vuole?

Scusa. Ieri sera sono rientrata tardi e il cellulare non sempre prende. Tutto bene?

...

29 luglio

30 luglio

31 luglio

10.21

Passa una bella giornata.
Spero che tu stia bene.

1° agosto

2 agosto

20.53

3 agosto

23.56

All'inizio ti ho detto che non ero pronto per una nuova storia. Non volevo più dipendere da un'altra persona. L'amore che leggevo nei tuoi occhi quando mi guardavi a volte mi faceva paura. Volevo che ci amassimo, ma non troppo. Che sentissimo la mancanza l'uno dell'altra, ma non troppo. Volevo essere libero di non appartenere a nessuno.

Me lo sono ripetuto fino allo sfinimento prima che partissi. E invece...

Oggi l'amore che provo per te mi fa stare male. Ti respiro nell'aria ovunque vada. Ti cerco per strada mentre cammino. Ti vedo in ogni persona che incrocio. Cazzo. Non volevo che succedesse, volevo essere forte e invece sono debole, svuotato, completamente perso senza il tuo profumo, il tuo calore, la tua schiena liscia, la tua voce dolce che mi ripeteva di non aver paura dell'amore.

4 agosto

5 agosto

12.45

Scusami, avevo dimenticato il cellulare, di nuovo.

Posso chiamarti? Ti va di parlarne?

Lascia perdere.

6 agosto

7 agosto

21.36

Dobbiamo parlare.

Questo abisso infinito di silenzio è insopportabile anche per me.

Ci siamo sempre detti tutto. Perché ora non ci riusciamo più?

Non lo so. Credo di avercela con te.

Mi amerai per sempre?

C'è una parte di me, nel profondo, che ti amerà per sempre, mentre altre parti di me stanno morendo. Come spugne secche che avvizziscono lentamente, perché è troppo difficile. Eravamo così piccoli e ora all'improvviso siamo troppo grandi.

Ascolta, anche se la mia vita è esplosa in mille pezzi dopo averti conosciuto, continuo a pensare che ne valga la pena. Grazie a te ho capito cosa vuol dire amare davvero qualcuno. E non l'ho dimenticato, perché ti amo ancora, smisuratamente. Nel mio cuore non c'è odio, né rimpianti, né rimorsi.

Solo una fiamma d'amore che brucia meno intensamente, per colpa della distanza, di un bisogno di affetto infinito che le parole non riescono a colmare.

Cosa ci succederà?
Ci lasceremo?

No, io sono innamorata di te. Tu lo vorresti?

No, certo che no.

È un problema che potrebbe risolvere solo una mente molto più razionale della mia.

La mia mente invece non fa che ripetere: « Amore mio, torna in Francia al più presto ». Con la voce di Étienne Daho che si sovrappone.

❤

Mi manchi.

Allora torna.

Non posso. Non ancora, lo sai. Mi dispiace. Mi dispiace di farti soffrire, di essere in ritardo, così in ritardo. Spero solo che quando ci rivedremo non sarà troppo tardi. Perché ti giuro che, quando quel momento arriverà, non dovrai mai più aspettarmi. Te lo giuro, non dovrai mai più inseguirmi, non me ne andrò mai più, ti amerò come ti ho sempre amato ma senza riserve, senza preoccupazioni, non soffrirai mai più per colpa mia.

Non posso prometterti che non sarà troppo tardi. Sono davvero stanco di questa situazione, che ci costringe a esprimere quello che proviamo attraverso uno strumento meccanico, con tutte le incomprensioni che ne derivano... certe volte non ce la faccio più.

Non mi sono mai sentito tanto solo come da quando so di amarti e tu non sei più qui. Eppure non riesco a farne a meno. Di amarti.
Ma c'è questo tremendo senso di solitudine che torna continuamente alla carica.

A volte mi sorprendo a guardare altre ragazze. E vorrei quasi che si prendessero cura di me, che mi abbracciassero, che mi consolassero un po'.

È stato terribile leggere il tuo ultimo messaggio. Ho quasi rotto il telefono quando l'ho ricevuto. Poi, riflettendoci, mi sono resa conto che è così anche per me.

Cosa ci sta succedendo? Amarci come ci amiamo e sentire il bisogno di farci consolare da altre persone è assurdo.

Riflettiamoci sopra e riparliamone domani.
Sono stanco morto.

Prima di chiudere gli occhi, però, lascia che ti dica che ti amo. Ho voglia di vederti. Ho voglia di guardarti all'infinito. Voglio esserti vicino. Voglio scacciare i tuoi demoni.
Ti amo, cazzo.

8 agosto

08.10

Stanotte non ho chiuso occhio. Siamo fatti per stare insieme, ne sono assolutamente convinta. Aspetto con impazienza che arrivi il momento. Il momento in cui sarò pronta per tornare. In cui tu sarai pronto. In cui entrambi saremo pronti per essere felici. Ma ora dobbiamo pensare a noi stessi. È troppo presto per rinunciare a tutto questo. Se tu hai già capito chi sei, be', allora bravo, davvero, io però non ne ho ancora la più pallida idea. Continuo a navigare a vista nelle acque misteriose della mia anima. Credevo di essere pronta. Pronta a darti tutto quello che posso dare. Perché sì, il sentimento c'è. Ed è come un incendio. Ma mi rendo conto che sono lontana anni luce dall'essere pronta. Ecco, questa è una di quelle cose indefinibili che quando parliamo al telefono non ne vogliono sapere di uscire. Credo quindi che non dovremmo rinunciare al nostro amore. Sarebbe il peggiore degli errori. Ma potremmo concederci maggiore libertà. Per combattere la solitudine che ci tormenta prendendo atto della situazione: il sentimento che ci unisce rimarrà sacro, nostro, intoccabile.

Sono parole difficili da mandare giù...

10.00

Nemmeno io ho chiuso occhio stanotte. Anche se ci sto malissimo, dopo averci riflettuto a lungo, sono arrivato anch'io alla stessa conclusione. Ho capito che il nostro rapporto non può reggere sia la distanza sia l'esclusività.

Mi si spezza il cuore a dirlo, perché ti amo, ma credo di amarti come si amano quelle anime che s'incontrano di rado nella vita, senza sapere come, senza sapere perché, ti amo nella tua totalità, in tutto ciò che sei, non importa cosa mi dai o non mi dai, e costi quel che costi voglio che tu faccia parte della mia vita per sempre.

Allora anch'io, come te, penso che dovremmo restituirci la nostra libertà senza sporcare il nostro amore. Ma c'è una cosa che mi terrorizza.

Quale?

Non voglio che alla fine sia il tuo cuore ad andarsene.

10.11

Ascolta, sono venuta qui in capo al mondo, e so che la distanza complica tutto, ma i miei sentimenti non sono minimamente cambiati. Ti amo ancora come il primo giorno. Sei il mio fiore selvatico. Tutti i tentativi falliti di essere amata per quella che non sono, e poi un giorno arrivi tu e mi prendi per mano e accogli il mio passato confuso e il mio presente incerto. Il tuo sorriso ardente ha spazzato via tutti i miei dubbi.

Sei il sole dolce, raro e rassicurante che mi arrossa le guance. Grazie a te ho scoperto che amare non sempre è sinonimo di soffrire... La tua luce mi abbaglia. Non allontanarti mai da me, non voglio altro peso sul cuore oltre a quello del tuo corpo che mi ama.

Il mio cuore non andrà da nessuna parte. Sarà solo tuo. Te lo prometto. Concediamoci di vivere delle avventure senza alcun coinvolgimento sentimentale.

Cerchiamo di mettere in pratica i nostri discorsi sull'amore libero. E i nostri ideali. Proteggendo il nostro amore. Sapendo che quello che c'è tra noi è diverso. Diamoci tempo.

Dobbiamo tornare a essere autonomi. Prenderci cura di noi stessi finché non ci rivedremo.

Essere forti per noi non è una scelta, è una necessità.

Prima d'incontrarti ho passato il tempo a cercare un tuo surrogato. Ora che ti ho trovata... Non ho più niente da cercare.

Mi è appena scesa una lacrima sulla guancia... Ti amo.

... Ti amo. Non avere paura.

9 agosto

10 agosto

01.40

Non riesco a chiudere occhio... Dormi?

04.05

Sono appena rientrato, non avevo visto il tuo messaggio.

11 agosto

12 agosto

20.26

La tua presenza assente o la tua assenza presente, chiamala come ti pare ma è lo stesso. È svegliarmi senza averti vicino, è cucinare per due e mangiare da sola, è solitudine sotto la doccia e notti gelide. Ti sento ovunque, basta un rumore di passi o il fruscio di una giacca per farmi pensare a te. Io e te siamo una cosa sola, non voglio parlare al passato perché per me non è finita, è solo una fase, una fase che dura da qualche mese.

Mi manchi tutta. La tua pelle, la tua voce, i tuoi riccioli scuri che ti rigiri tra le dita all'infinito quando sei nervosa. Senza di te niente è più lo stesso, dici che questa decisione è la cosa migliore per noi, ma la verità è che è così difficile. Sei la mia persona preferita, sai.

13 agosto

09.05

So che è dura. Ma cerchiamo di essere felici che il nostro amore sia entrato in una nuova fase. Mi hai insegnato ad accogliere con gioia gli imprevisti, a dire di sì, a impazzire di desiderio, ad amare follemente la vita, a tuffarmi nell'ignoto, a godere senza limiti, a celebrare la vita, la vita libera e sfrenata. Tutto questo l'ho imparato grazie a te. Perciò sì, ce la faremo. E poi verrai a trovarmi il 26 ottobre. Nessuno potrà rubarci quei momenti. Saranno tutti per noi.

Anche se è dura, amo il rischio di amarti, amo aver paura che ogni saluto possa essere un addio. Per una volta sento di non avere il controllo su nulla. Il 26 ottobre... Questa data continua a rigirarmi nella testa. È l'unica che conta.

E sono convinta che arriverà più in fretta del previsto.

14 agosto

04.00

Non ti innamorerai mai di nessun'altra, promesso?

Fidiamoci l'uno dell'altra, amore mio.

12.02

Promettiamoci di fermarci se uno dei due dovesse innamorarsi di un altro.

Te lo prometto.

15 agosto

11.07

Vado al mare qualche giorno per cambiare aria. Ho deciso di staccare un po' dal cellulare, voglio riposarmi e ritrovare me stesso. Ne ho veramente bisogno.

Fai benissimo. Ogni tanto mi scriverai lo stesso?

Ci proverò. 🌹

16 agosto

17 agosto

23.02

Spero che la tua vacanza al mare e senza Internet ti stia facendo bene. È tardi, sono appena tornata a casa e ti penso nel mio letto.

Il modo che hai di parlare con chiunque incontri per strada, di meravigliarti per ogni cosa, di giocare come un bambino, è qualcosa di raro. Se il mondo fosse pieno di persone come te, sarebbe un posto migliore.

18 agosto

12.10

Un pensiero salato.

19 agosto

20 agosto

21 agosto

22 agosto

19.23

Sono tornato. Questi giorni di pausa mi hanno davvero fatto bene.

Meglio così, sono felice per te.

Le nostre ultime discussioni ora mi sembrano meno angoscianti.

L'amore non dovrebbe mai essere angosciante.

Ora non sono più preoccupato. Puoi andare in capo al mondo, frequentare chi ti pare, fare tutto quello che vuoi. Io farò sempre il possibile perché tra le mie braccia tu ti senta a casa.

23 agosto

24 agosto

25 agosto

20.37

Credi che dovremmo raccontarci le nostre avventure?

No, meglio di no. Per quanto mi riguarda, io non voglio sapere niente.

Okay.

Il solo fatto che tu l'abbia chiesto mi spezza il cuore.

Cercavo solo di stabilire delle regole.

26 agosto

27 agosto

01.36

E ogni notte e a ogni sospiro;
il ricordo delle tue mani in
ogni mio respiro.

28 agosto

29 agosto

30 agosto

1° settembre

20.31

M'inebrio dei rumori che fai, dei silenzi che dissemini, dei sospiri di quando non sai più chi sei. Sono golosa di ogni parte di te, dei tuoi sorrisi, dei tuoi sguardi, della forma del tuo viso. Ho la mente satura dei ricordi che mi hai lasciato, del tuo tono di voce, delle parole che mi riecheggiano nelle orecchie, che mi sferzano l'anima. Tornerai da me, lo so, perché mi manchi, perché ci dimentichiamo sempre, scompariamo, facciamo i conti con la verità, ci ostiniamo, prendiamo il volo! Io non ho rinunciato, tra noi due non è finita! Non sai quante lettere ti ho scritto, quante parole ho messo in fila, così tante da non sapere più dove mettere le virgole, da non riuscire più a respirare... Dimmi, un giorno guariremo?

Hai fatto saltare in aria ogni cosa, barriere, frontiere, tutto quello che per anni avevo messo in ordine con cura. Ed è sconvolgente, sconcertante, e insieme anche esaltante... Ci sono momenti in cui mi manchi da morire, in cui il dolore è insopportabile. Altri invece in cui ti farei a pezzi. È vero, non sono un tipo facile, non è semplice seguirmi o capirmi. Non so cosa siamo diventati io e te. Ma so che mi manchi tremendamente, che ti amo e che non riesco più a sopportare il pensiero di te che frequenti, baci, fai l'amore con altre ragazze. E ogni volta mi sento così stupida, perché so che è una decisione che abbiamo preso insieme. Ma non ce la faccio. E Dio, quanto odio sentirmi stupida.

Questo tira e molla penoso e maldestro di affetto e distacco è andato avanti fin troppo. Ora voglio deporre le armi, almeno per un po'.

Arriverai il 26 ottobre. Vorrei che fino a quel momento non ci scrivessimo più. Non posso più passare il tempo incollata al cellulare aspettando di veder apparire quei maledetti tre puntini che indicano che mi stai scrivendo ma non ci riesci. Ne ho bisogno per fare un bilancio dei miei sentimenti, e per non impazzire immaginando come usi la tua libertà. Ci soffro troppo. Non riesco ad accettare di doverti dividere con altre persone.

Ti aspetto il 26 ottobre, amore mio. Fino a quel momento, cerca di non essermi troppo infedele. E non dimenticarmi, ti prego.

Nessuna ha il tuo sorriso, né quella fossetta che mi fa diventare matto. Vorrei poterti scrivere: « Vieni, usciamo a bere per dimenticare di esserci lasciati... » Ma tu non sei qui. Ci vediamo a ottobre.

Sei il mio amore e la mia rovina.

6

IL BUIO DELLE NOSTRE NOTTI

(due settimane dopo)

17 settembre

15.40

Un messaggino furtivo, una capatina veloce nel nostro giardino segreto trasformato in deserto... Le nostre passeggiate notturne e le nostre chiacchierate in cui il tempo sembrava sospeso mi mancano tantissimo. Da quando la vita ha ripreso il suo corso e abbiamo smesso di scriverci, ho l'impressione che non ci sia più nessuno ad aspettarmi quando torno a casa. Mi sento come svuotata. Come se mi avessero tolto una lampadina. Quella che illuminava di luce dolce e folle il buio delle nostre notti.

Quando ho visto la tua *story* il mio cuore ha iniziato a battere a mille. Forse vuol dire che non ti ho dimenticato.

Ti prego non rispondere a questo messaggio.

7

I TEMPI IN CUI CI AMAVAMO, LIBERI E BELLI

(poco più di un mese dopo)

26 ottobre

14.10

Sono in aeroporto. Non ce l'ho fatta, non me la sono sentita di salire sull'aereo. Mi dispiace. Stamattina una tristezza infinita, l'infinito amore per te che non ho avuto il tempo di donarti. E quindi eccomi, me ne vado, o meglio resto qui. Ti lascio ma non ti abbandono, restituisco a entrambi la libertà, lo spazio, il tempo chissà d'incontrarci di nuovo in futuro, e magari avere più fortuna.

Quanto sarà lunga questa rottura, questa separazione, nessuno può saperlo, ma io non sarò mai un estraneo per te, né tu per me, e ti amerò per sempre, in un modo o nell'altro.

Ti lascio ma continuerò a portarti nel mio cuore. I momenti più belli sono stati anche i più crudeli. Li passo in rassegna mentalmente e capisco che mi sono stati fatali. Perché è così ovvio adesso che mi stavo cacciando nella più bella e dolorosa trappola della mia vita. Avrei dovuto capirlo, era scritto nei tuoi occhi troppo limpidi, nel tuo sorriso, nelle tue parole, nell'istante in cui la mia pelle ha sfiorato la tua. E poi in ogni tuo sospiro sul mio collo, come un avvertimento. La mia mano era troppo fredda e la tua troppo calda. Era evidente che fossi destinato a mordere la polvere. Ho cercato di convincermi che ce l'avrei fatta. Che non mi stavo lanciando in qualcosa di più grande di me. Non immaginavo quanto avrei sofferto. Nessuno immagina mai quanto soffrirà. Soprattutto la prima volta. Adesso, qua fuori sotto la pioggia, lo so.

Non sono riuscito a salire su quell'aereo perché non avrei mai sopportato di dover tornare indietro senza di te, di doverci separare un'altra volta. Posso immaginare la felicità che avrei provato stando con te, ma è una felicità che avrei pagato troppo cara. Non ce la faccio. Così come non ce l'ho fatta a essere all'altezza delle mie idee sulla felicità e sulla vita di coppia. Vorrei solo che mi dicessi che tornerai, ma so che è impossibile. Non sono abbastanza forte.

Dobbiamo accettare la realtà, forse i momenti che abbiamo condiviso erano destinati a durare il tempo di un ballo, e forse la canzone è finita. Non riesco più a tenere il ritmo, mi sento soffocare in una relazione che è l'ombra di quello che è stata, e ogni singolo istante mi ricorda i tempi in cui ci amavamo, liberi e felici, aspettando l'alba per addormentarci dopo le notti passate ad amarci.

Un giorno ci ameremo per tutta la vita, ma non in questa.

27 ottobre

28 ottobre

29 ottobre

30 ottobre

31 ottobre

1° novembre

2 novembre

3 novembre

4 novembre

5 novembre

20.59

A quanto pare io e te non abbiamo più niente da condividere. Che peccato, veramente. Al tempo stesso però non riesco a biasimarti. Sono moltissime le cose che fanno di me una persona biasimevole. A partire dalla pessima abitudine di voler sempre scappare da tutto. O dalla mia ostinazione ad amarti al momento sbagliato. Avrei dovuto scriverti prima, dirti che sarei tornata. Forse dovrei chiederti scusa.

Mi inginocchio. Davanti ai rischi, al caso, alle circostanze, alle occasioni, agli imprevisti. Alla sana fragilità delle nostre strade. Della mia che abbraccia la tua.

I tuoi occhi sorridevano. Sprigionavano splendori vaporosi, altrove ricchi di avventure, che non meritavo di conoscere. E la tua bellezza allo stato grezzo che nessuno sembrava cogliere, provocava in me dei turbamenti repentini in cui dai nostri silenzi emergevano verità incontrovertibili che abbracciavo con un sorriso. Ti ho amato. Alla follia.

E mi hai appena spezzato il cuore. Anche se penso che, in fondo, non te ne importi molto.

8

IL SILENZIO È STATO IL NOSTRO ADDIO

(un anno dopo)

27 ottobre

18.06

È passato un anno. Il pensiero che non ci rivedremo più mi rende triste. So che il silenzio è stato il nostro addio. Di tanto in tanto ripenso alle tue fossette e al tuo sorriso. Il mondo intero dovrebbe conoscere il tuo sorriso, sei fantastica quando sorridi. Ho sentito il bisogno di frequentare altre persone, di annoiarmi in compagnia di altre ragazze per rendermi conto della luce che brillava nel tuo sorriso. A volte mi torna in mente quella notte che si è trasformata in un weekend, in cui il sole non è mai sorto. La tua leggerezza mi ha placato, per quattro volte, ma era chiaro che prima o poi dovevamo alzarci e io non ho sopportato il suono della sveglia, dopo di te mi è sembrato tutto così ostile, è come se da quando sei andata via io avessi preso la rabbia. Tu la mia rabbia non la annientavi, la terrorizzavi e lei aspettava che tu sparissi per tornare all'attacco più feroce di prima. Tante volte mi sono detto che non eri abbastanza forte, o abbastanza coraggiosa, ma ora mi rendo conto che non aveva senso.

Chiedo la luna ma sono talmente un vigliacco che non oso più nemmeno guardarla. E comunque, se chiedi la luna a un bambino, lui te la disegnerà. Tu avresti fatto così. Avremmo dovuto incontrarci a sei anni. Sono triste perché se tu sei entrata nella mia vita è stato per una serie di coincidenze e di casualità, come se il destino avesse deciso di farmi uno sgambetto. Non sono venuto da te, e più che triste mi sento distrutto, perché non ti ho nemmeno detto quanto avrei avuto voglia di farlo. Ma tu mi toglievi le parole di bocca, era come se fossi stordito dalla morfina. Ricordo la sfumatura esatta dei tuoi occhi sotto il sole delle sei del pomeriggio la seconda volta che ci siamo visti, sul lungofiume. Sono belli come quelli di tua madre, anche se non li ho mai visti. Incontrarci è stato bello, semplicemente, e le cose semplicemente belle sono così rare nella vita, sarà per questo che non ho mai buttato via la linguetta della tua lattina di tè freddo.

A te non rimprovero nulla, a me stesso tutto. Non mi aspetto una risposta, credo che questi messaggi servano solo per ricordarmi di smetterla di fare della viltà la mia parola d'ordine, di lasciar marcire le parole in gola perché non ho il coraggio di pronunciarle. Forse avrei dovuto rischiare e venire da te.

20.30

Ci sono giorni, come oggi, in cui anche se ho ritrovato un equilibrio e persino una certa forma di felicità, basta un niente per farmi pensare a te, per sentire la tua mancanza. Non a te direttamente, perché non so più di preciso né chi sei né cosa fai, ma a noi.

Quel « noi » mi manca. Una domenica, un raggio di sole, un gelato, un giro in bicicletta, una mostra, un pisolino, una certa definizione di felicità. E quella felicità, per quanto io cerchi di condividerla con altre persone, non ha lo stesso sapore che aveva con te.

Da quando tu non ci sei, l'amore ha smesso di piacermi.

Ricordi cosa pensavamo dell'amore?

Sì... E continuo a non capire quand'è che abbiamo rovinato tutto.

È una domanda che cerco di non farmi più.

Io preferisco ripensare al nostro primo appuntamento. Ho ancora tutto qui, impresso nella memoria. Dalla serata più banale a quelle più speciali, e Dio sa quanto siamo stati speciali io e te. Dalle volte in cui al mattino mi svegliavi portandomi un croissant o dei *pains au chocolat*, ai film che non abbiamo mai finito di guardare, tutte le piccole attenzioni che avevi solo per farmi sorridere. Dalla prima volta che ho dormito da te, dalla lotta di cuscini la mattina dopo, fino all'ultima volta che sei venuto e abbiamo ordinato tutti i dolci del ristorante. Con te mi sono sentita bambina, ed è stato bellissimo, lo è ancora e lo sarà sempre.

La spensieratezza e la libertà, e quella convinzione che niente era impossibile finché stavamo insieme. Mi chiedo chi altro avrebbe riso così tanto ricevendo in regalo un puzzle del *Piccolo Principe* per bambini dai 5 ai 10 anni. E mi chiedo anche per chi altro avrei fatto cose così assurde eppure così da noi, e non trovo una risposta. Sarà sciocco magari, ma credo che avrei potuto fare le più insensate stupidaggini del mondo solo per strapparti un sorriso. È stata poetica, a tratti esagerata, a tratti forse irrazionale, ma è stata la storia d'amore più bella che abbia mai vissuto, e posso soltanto dirti grazie. Insieme o divisi, so che anche se non sempre ce lo siamo detti, abbiamo sempre tenuto l'uno all'altra e alla fine il nostro rapporto, per quanto strano, è perfetto così com'è. Io per te ci sarò sempre. Le cose cambiano, i legami che uniscono le persone anche, ma io e te siamo al di sopra di tutto questo. Mi manchi ogni giorno, e ogni giorno i miei pensieri ti accompagnano.

Sei stata lo tsunami della mia vita.

23.16

La sera, se mai quella sera esisterà, in cui ti verrà voglia di addormentarti tra le mie braccia, scrivimi.

28 ottobre

29 ottobre

30 ottobre

31 ottobre

1° novembre

2 novembre

3 novembre

4 novembre

5 novembre

6 novembre

7 novembre

8 novembre

9 novembre

21.42

«Oggi non è arrivata alcuna lettera, ma non sono angosciato, ti prego, Milena, non fraintendermi, non sono mai angosciato per te, se qualche volta sembra così, e così sembra

spesso, è soltanto una debolezza, un capriccio del cuore che ciononostante sa benissimo per che cosa palpita, anche i giganti hanno debolezze, persino Ercole ebbe, credo, una volta un deliquio. Ma a denti stretti e di fronte ai tuoi occhi che vedo persino in pieno giorno, so sopportare ogni cosa: lontananza, ansia, apprensione, mancanza di lettere. »
Un pensiero per te mentre leggo Kafka.

Quanto mi fai arrabbiare...

Perché?

Perché dopo non so quanto tempo senza una parola, di punto in bianco te ne salti fuori con la citazione perfetta. E io come faccio a non risponderti?

Lo prendo come un buon segno.

10 novembre

11 novembre

12 novembre

13 novembre

14 novembre

15 novembre

16 novembre

17 novembre

18 novembre

19 novembre

20 novembre

21 novembre

22 novembre

23 novembre

24 novembre

03.05

Ricordi quella volta in cui ero così sbronza che ho insultato un tizio per strada e hai dovuto riportarmi a casa in spalla? Adesso sono più o meno nello stesso stato, e se ci ripenso mi viene da ridere.

09.02

Non avevo la più pallida idea di cosa fare con te.

9

IN UN ANGOLO SPECIALE DEL MIO CUORE

(sette mesi dopo)

6 giugno

18.00

Ti ho cercato ovunque. Continuamente. I tuoi occhi, la tua bocca, il tuo calore. Il modo che avevi di morderti l'interno delle guance quando la timidezza riprendeva il sopravvento. Le tue mani capaci di farmi credere in un mondo migliore e di portarmi all'orgasmo. Le nostre conversazioni di mezzogiorno, di mezzanotte, di una vita. Il tuo corpo che danzava sopra il mio. Quel pudore di cui hai imparato a liberarti, le nostre anime ansimanti che planavano sotto le coperte. Lo sguardo avido che posavi su di me ogni sera, ogni mattina, in ogni istante che ci apparteneva. Ho cercato, cazzo, sapessi quanto ho sperato di incrociare di nuovo quei ciuffi ribelli che ti ostinavi a non tagliare, quanto ho sperato di poter litigare con te ancora una volta. Giro il mondo alla ricerca di un posto dove ricominciare finalmente a vivere, ma è con te, solo con te che voglio stare.

Oggi mi rendo conto che la mia vita fa schifo senza i tuoi due piccoli nei.

Siamo due inseparabili. Hai presente? Quei pappagallini che non sopravvivono l'uno senza l'altra. Da quando ci siamo incontrati, ci siamo persi e ritrovati tante volte. Stavolta vorrei ritrovarti per sempre.

« È il tuo sogno. Se ti lascio andare è perché ti amo. » Sono due anni che queste parole che mi hai scritto prima di salire sull'aereo mi rimbombano nella testa. Tutto quello che sto vivendo è successo grazie a te ma cazzo, quanto mi manchi. È te che voglio, ti vorrò per sempre, ed è difficile. Difficile pensare che sei così lontano. Difficile vederti insieme a un'altra. Convincimi a non tornare perché sono a tanto così da mollare tutto.

Dimmi che mi odi, che non vuoi mai più vedermi, qualunque cosa. Ti amo ancora, cazzo. Ti amo... fin dal giorno in cui ti ho incontrato, e non capisco. La mia vita è cominciata con te e io ho bisogno di te, ma non possiamo avere quello che ci eravamo promessi perché abbiamo fatto troppe cazzate, perché siamo stati stupidi.

Non ce la faccio, è troppo dura, non riesco a dimenticare quello che c'è stato tra noi, ma devo farlo. Se non posso amarti allora ti prego, cancellami, elimina ogni traccia della nostra vita insieme e non riapparire mai più nella mia, ti supplico, aiutami tu perché io non ci riesco.

19.30

Come facciamo se non ci riesco nemmeno io...?

7 giugno

22.42

Ti aspetto in quell'angolo speciale del mio cuore.

Citazioni: p. 23. Estratto da una lettera inviata da Vladimir Nabokov alla moglie Vera nel novembre 1923, in V. Nabokov, *Lettres à Vera*, Librairie Arthème Fayard, 2017. Traduzione italiana di C. Turla; p. 33. Estratto da una lettera inviata da Vladimir Nabokov alla moglie Vera nel luglio 1923, in V. Nabokov, *Op. cit.* Traduzione italiana di C. Turla; p. 196. Estratto da una lettera inviata da Franz Kafka a Milena Jesenská il 16 luglio 1920 in F. Kafka, *Lettere a Milena*, a cura di F. Masini; traduzione italiana di E. Pocar, Mondadori 2017.

La Rivoluzione dell'amore

Il 17 luglio 2018, ho chiesto agli innamorati solitari di darmi una definizione della Rivoluzione dell'amore. Ecco alcune delle risposte che ho ricevuto:

– È accettare i propri sentimenti e le proprie emozioni, difendere la gentilezza e la comprensione. È amare se stessi. Amare se stessi per poter amare l'altro ancora di più.
– È amare senza aver bisogno di un motivo, amare e basta, è l'amore che basta.
– È fumare una sigaretta prima di fare l'amore, non dopo.
– È accettare che qualcuno piombi nella tua vita sconvolgendo tutti i piani che avevi fatto sino a quel momento.
– È accettare di amare l'altro nella sua totalità, come essere umano, e non come un trofeo o un qualcosa che serve a combattere la solitudine. E in un mondo come il nostro, in cui conta soltanto l'io e in cui cerchiamo di vedere noi stessi negli occhi dell'altro invece di guardarlo veramente, questa rivoluzione è tanto più preziosa e cruciale.
– È amare due uomini allo stesso tempo ed essere felici così.
– È accettare quello che ti viene dato e dare quello che puoi dare. È saper comunicare. È lasciarti travolgere e travolgere l'altro.
– È liberarsi di tutti i codici di questa società che non capisce che gli esseri umani hanno bisogno soltanto di due cose: amare ed essere amati in completa libertà.
– È infrangere i dogmi e sbarazzarsi delle convenzioni, dei

diktat. È amare senza limiti, senza pudore, senza timori. È essere se stessi senza finzioni.

– È sbarazzarti di tutto quello che hai sentito dire fin da quand'eri bambino, è costruire la tua visione dell'amore, smettere di pensare che hai bisogno di possedere una persona, i suoi sentimenti.
– È quando un bambino impara a dire alla mamma « ti voglio bene » davanti a tutti i suoi amici.
– È correre il rischio di incontrare qualcuno che non sostiene la Rivoluzione dell'amore e sconvolgerlo/la.
– È non aver più paura di camminare libera in mezzo alla folla. Avanzare vittoriosa, Marianne per un giorno, è dire a tutti coloro che amo: eccomi, sono tua, spogliata delle mie catene.

Perdutamente innamorata dell'amore, ho deciso di creare l'account Instagram *Amours Solitaires* per avere un luogo in cui raccogliere le più belle frasi d'amore. Un luogo digitale dove conservare per sempre le parole che per qualcuno sono state importanti. Volevo mostrare che la sensibilità non è sinonimo di debolezza e che esprimere quello che proviamo è ciò che ci rende umani.

Messaggio dopo messaggio, ho visto nascere una vera e propria comunità formata da persone che hanno condiviso le gioie dell'amore e della parola, e testimoniato il sollievo che l'account ha dato loro: il sollievo di sapere che non siamo soli.

Scoprire che siamo tantissimi mi ha dato la forza di pensare che è arrivato il momento di spingerci oltre e cominciare la Rivoluzione dell'amore. Di dire con forza che esprimere quello che proviamo è una necessità. Di affermare che non esiste un solo modo per dire « ti amo », che non esiste un solo tipo di amore e che dare voce ai propri sentimenti non è un diritto riservato a un solo sesso.

Lottare per restituire all'amore il posto che merita

Da troppi anni i sentimenti vengono trascurati. Denigrati, messi in secondo piano, irrisi, giudicati troppo sdolcinati, troppo fragili, superati. Nella Premessa ho citato il proverbio «in amore vince chi fugge». Una frase che invita a nascondere i sentimenti e a fingersi indifferenti per sedurre, piacere, tenersi stretta la persona amata.

Mettendo l'indifferenza su un piedistallo e rendendola un qualcosa di attraente, questo proverbio trasforma la sensibilità, le emozioni e i sentimenti in segni di debolezza. Come se per sedurre qualcuno dovessimo ignorarlo, mentre la realtà è che tutti, in fondo, desideriamo la stessa cosa: innamorarci e che un altro si innamori di noi.

Basta con le ipocrisie.

Se amiamo una persona diciamoglielo senza paura, se la desideriamo facciamoglielo capire. Ci sono così tante sfumature possibili nell'espressione dei sentimenti che sarebbe davvero triste amare rinnegando l'amore.

È ora di riportare l'amore al centro della scena per scrollargli di dosso la polvere di tutti i pregiudizi che lo immobilizzano. Diciamo a gran voce che la sensibilità, le emozioni e i sentimenti sono una forza e non una debolezza, per creare così una società più umana e giusta, basata sul rispetto, sull'empatia e sulla tolleranza.

Liberare le parole

Tutto questo non sarà possibile se prima non libereremo le parole dell'intimità. Parole «positive», parole fatte di sentimenti, di emozioni, di bellezza, parole a volte poetiche e a volte crudeli, ma sempre oneste e finalmente libere da quello che le imbavaglia: il pudore, la vergogna e la paura.

Sentiamoci liberi di dire alla persona amata: «Ti amo», «Ho voglia di te», «Mi piaci», «Ti sogno ogni notte», «Spogliami»,

«Sposami», «Guardami», «Vieni a prendermi subito». Non dobbiamo avere paura di sbagliare; ci sono così tanti modi per esprimere l'amore che chiunque ha diritto di scegliere il proprio.

Lottare per la parità di genere nell'espressione dei sentimenti

Troppo a lungo si è creduto che la sensibilità fosse una caratteristica esclusivamente femminile. Si pensava che soltanto le donne fossero capaci di piangere, di soffrire per amore, di abbandonarsi alla malinconia. Al contrario, il desiderio è stato a lungo considerato una pulsione maschile: soltanto gli uomini potevano provare desiderio, usare un linguaggio osceno. Ma non è così! Tutti quanti possiamo essere sensibili, romantici, conoscere i piaceri dell'erotismo. Non è una questione di genere ma di umanità.

I messaggi d'amore che pubblico sull'account Instagram di *Amours Solitaires* sono anonimi. È difficile capire il sesso di chi li ha scritti o il tipo di relazione che lega chi invia a chi riceve. E del resto è rarissimo che qualcuno mi domandi se a scriverli sia stato un uomo o una donna. Ho l'impressione che questa forma di anonimato ci renda liberi. Liberi di scrivere quello che vogliamo, liberi di rispondere, di leggere nelle pieghe più intime degli altri.

Lottare per affermare la tolleranza

Sotto la lotta per liberare le parole d'amore si nasconde un'altra sfida, quella di combattere perché tutte le forme dell'amore e della sessualità possano esprimersi. Nell'account di *Amours Solitaires* parliamo di *sex friends*, di BDSM, di *coming out*, delle differenze d'età, di poliamore e di amore a distanza. La parola d'ordine è difendere la tolleranza e la comprensione nei rapporti tra le persone: amare chi vogliamo, dove vogliamo, quando lo vogliamo e nel modo in cui vogliamo.

I volti e le incarnazioni dell'amore sono infiniti, non chiudiamo mai la porta a nessuna delle sue manifestazioni.

Creare uno spazio di comprensione

Amour Solitaires è un rifugio in cui nessuno giudica e nessuno viene ignorato, attaccato o «ghostato». In cui la sola cosa che creiamo è amore, comprensione illimitata, empatia e rispetto. Spesso non occorre nemmeno che intervenga io quando un nuovo arrivato commenta con troppa durezza un messaggio. È la community stessa a esprimere la necessità di essere tolleranti e a ricordare che dietro ogni messaggio c'è una persona, che ha accettato di rendere pubblica una parte della propria intimità e che per questo merita tutta l'attenzione e la comprensione di cui siamo capaci.

Questo spazio fatto di comprensione e tolleranza è aperto a tutti, dà a tutti la possibilità di esprimersi e di trovare orecchie attente e bendisposte ad ascoltare. Ma questa forma di comprensione è quasi spiazzante. Siamo talmente convinti che quello che viviamo sia personale che sentirci colpiti dalle storie degli altri ci sembra strano. Eppure, anche se ogni sentimento, ogni relazione è unica, emerge un'universalità dei sentimenti che permette a chiunque di identificarsi e riconoscersi nelle parole e nelle esperienze degli altri.

E di renderci conto, finalmente, che non siamo più soli e che non dobbiamo più avere paura della solitudine.

Amare se stessi

Rivoluzionare l'amore vuol dire imparare ad amare se stessi, accettarsi, sentirsi preziosi. Come possiamo pensare di dare e accettare amore se rinneghiamo noi stessi?

Rivoluzione

Il biologo Lyall Watson nel suo libro *Lifetide* racconta che nel 1952, sull'isola giapponese di Koshima, un gruppo di scimmie comincia a nutrirsi delle patate dolci gettate sulla sabbia da alcuni scienziati. Le scimmie vanno matte per quel nuovo cibo, ma le patate sono coperte di sabbia e questo è un problema. Un giorno, un giovane esemplare femmina di nome Imo trova una soluzione: prima di mangiare le patate, le lava e le sbuccia. Anni dopo, gli scienziati osservano che tutte le scimmie adottano questo metodo e, cosa ancora più strana, lo usano persino le scimmie delle isole vicine! Da queste osservazioni nasce la teoria della centesima scimmia, in cui cento è la «massa critica» oltre la quale la rivoluzione prende vita: basta che una centesima scimmia si unisca al gruppo di lavatori di patate perché l'intera specie adotti la stessa abitudine.

Chi sarà il centesimo essere umano che farà entrare l'umanità in una nuova dimensione in cui l'amore regnerà su tutto? Se ognuno di noi farà una rivoluzione nella propria vita, un giorno trascineremo il mondo intero in questo nuovo modo di essere e potremo dire di aver fatto la Rivoluzione dell'amore.

Ringraziamenti

Ringrazio di cuore tutte le 278 persone che con i loro contributi hanno reso possibile la nascita di questo libro. Grazie di avermi affidato i tesori più preziosi della vostra intimità. Grazie per le parole meravigliose, per le arguzie e i giochi linguistici, per le rime, le poesie, le risposte pronte, per le dichiarazioni che mi hanno tolto il fiato, i messaggi spinti che mi hanno fatta arrossire, per le emozioni e i sentimenti tradotti in modo così perfetto nei messaggi che, oggi, vengono estrapolati dal loro contesto e scrivono una grande storia d'amore.

Grazie infinite per tutto il sostegno, l'impegno e la poesia che mi avete donato.

Questo libro è il vostro libro.

Per finire, un pensiero speciale agli ispiratori di questo libro, che portano i nomi tra i più romantici in assoluto: Romeo e Giulietta.

Indice